DÉSHONORÉE

MUKHTAR

Mai

DÉSHONORÉE

RÉCIT

Avec la collaboration de
Marie-Thérèse Cuny

UN LONG CHEMIN

La décision familiale est prise dans la nuit du 22 juin 2002.

C'est moi, Mukhtaran Bibi, du village de Meerwala, de la caste des paysans Gujjar, qui dois affronter le clan de la caste supérieure des Mastoi, fermiers puissants et guerriers. Il faut que je leur demande pardon au nom de ma famille.

Pardon pour mon petit frère Shakkur. La tribu des Mastoi l'accuse d'avoir « parlé » à Salma, une fille de leur clan. Il n'a que douze ans, et Salma a dépassé la vingtaine. Nous savons qu'il n'a rien fait de mal, mais si les Mastoi en ont décidé ainsi, nous, les Gujjar, devons nous soumettre. C'est ainsi depuis toujours.

Mon père et mon oncle ont dit :

— Notre mollah, Abdul Razzak, ne sait plus quoi faire. Les Mastoi sont plus nombreux dans le conseil du village. Ils refusent toutes les conciliations. Ils sont armés. Ton oncle maternel et un ami des Mastoi, Ramzan Pachar, ont tout essayé pour calmer les membres de la *jirga*[1]. Nous n'avons plus

---

1. *Jirga* ou *panchâyat* : tribunal de village chargé de régler les problèmes, hors de la justice officielle.

qu'une dernière chance, il faut qu'une femme Gujjar demande pardon à leur clan. Parmi toutes les femmes de la maison, nous t'avons désignée.

— Pourquoi moi ?

— Ton mari t'a accordé le divorce, tu n'as pas d'enfant, tu es la seule en âge de le faire, tu enseignes le Coran, tu es respectable.

La nuit est tombée depuis bien longtemps, et j'ignorais jusqu'ici les détails de ce grave conflit. Seuls les hommes, réunis en séance de jirga depuis plusieurs heures, savent pourquoi je dois me rendre devant ce tribunal et demander pardon.

Shakkur a disparu depuis ce midi. Nous savons seulement qu'il se trouvait alors dans le champ de blé près de la maison, et qu'il est ce soir enfermé au commissariat, à cinq kilomètres du village. J'apprends de la bouche de mon père que Shakkur a été battu.

— Nous avons vu ton frère quand la police l'a sorti de chez les Mastoi. Il était couvert de sang, et ses vêtements étaient déchirés. Ils l'ont menotté et emmené sans que je puisse lui parler. Je l'avais cherché partout, et un homme qui était perché en haut d'un palmier, occupé à couper des branches, est venu me dire qu'il avait vu les Mastoi le kidnapper. Petit à petit, dans le village, les gens m'ont dit que ces derniers l'accusaient de vol dans leur champ de canne à sucre.

Les Mastoi sont des habitués de ce genre de représailles. Ils sont violents, leur chef de tribu est puissant, et connaît beaucoup de monde – des hommes influents. Personne de ma famille n'a osé se rendre chez eux. Ces hommes sont capables de surgir dans n'importe quelle maison, armés de fusils, et de piller, dévaster ou violer. Les Gujjar sont inférieurs et, par principe, doivent se soumettre à la volonté des Mastoi.

Le mollah, seul habilité à le faire par sa fonction religieuse, a tenté d'obtenir la libération de mon frère. Sans succès. Alors, mon père est allé se plaindre à la police. Les orgueilleux Mastoi, outragés qu'un paysan Gujjar ose leur tenir tête et envoie la police jusque chez eux, ont changé d'accusation. Ils ont dit aux policiers que Shakkur avait violé Salma, et qu'ils ne le laisseraient partir que s'il allait en prison. Ils ont ajouté que, s'il sortait de prison, la police devrait le leur rendre. Ils l'accusent de « zina ». *Zina*, au Pakistan, c'est à la fois le péché de viol, d'adultère ou de relations sexuelles hors mariage. Selon la charia, la loi islamique, Shakkur risque la mort. La police l'a donc mis en prison, parce qu'il est accusé, et aussi pour le protéger de la violence des Mastoi, qui réclament le droit de faire leur justice eux-mêmes. Tout le village est au courant depuis le début de l'après-midi et, par sécurité, mon père a emmené les femmes de ma famille chez des voisins. Nous savons que la vengeance des Mastoi s'exerce toujours sur une femme de caste inférieure. C'est à une femme de s'humilier, de demander pardon devant tous les hommes du village, réunis en séance de jirga devant la ferme des Mastoi.

Je la connais de loin, cette ferme, elle se trouve à moins de trois cents mètres de la nôtre. Des murs puissants, une terrasse d'où ils surveillent les environs comme s'ils étaient maîtres de la terre.

— Mukhtaran, prépare-toi, et suis-nous.

J'ignore, cette nuit-là, que le chemin qui mène de notre petite ferme à celle, plus riche, des Mastoi va changer ma vie à jamais. Selon le destin, ce chemin sera court ou long. Court si les hommes du clan acceptent mon repentir. Pourtant j'ai confiance. Je me lève et prends le Coran que je serre sur mon cœur pour remplir ma mission. Il sera ma protection.

Je pourrais avoir peur.

Le choix de mon père était le seul possible. J'ai vingt-huit ans, je ne sais ni lire ni écrire puisqu'il n'y a pas d'école pour les filles au village, mais j'ai appris le Coran par cœur, et depuis mon divorce je l'enseigne bénévolement aux enfants du village. C'est là ma respectabilité. Ma force.

Je marche sur le chemin de terre, suivie par mon père, mon oncle, et par Ghulamnabi, un ami d'une autre caste, qui a servi d'intermédiaire durant les tractations de la jirga. Ils craignent pour ma sécurité. Mon oncle lui-même a hésité avant de me suivre. Et cependant, j'avance sur ce chemin avec une forme d'inconscience enfantine. Je n'ai commis aucune faute personnellement. Je suis croyante, et depuis mon divorce je vis au sein de ma famille, loin des hommes, comme il est de mon devoir de le faire, dans le calme et en toute sérénité. Nul n'a jamais parlé de moi en mal, comme c'est souvent le cas pour d'autres femmes. Salma, par exemple, est connue pour son comportement agressif. Cette fille parle haut et fort, et bouge beaucoup. Elle sort quand elle veut et va où bon lui semble. Il est possible que les Mastoi aient voulu profiter de l'innocence de mon jeune frère pour dissimuler quelque chose qui la concerne. De toute façon, les Mastoi décident et les Gujjar obéissent.

La nuit de juin est encore brûlante de la chaleur du jour, les oiseaux dorment, les chèvres aussi. Un chien aboie quelque part dans le silence qui accompagne mes pas, et peu à peu ce silence devient murmurant. J'avance, et des voix d'hommes en colère me parviennent. Je les distingue maintenant à l'unique lumière qui marque l'entrée de la ferme Mastoi. Ils sont plus d'une centaine, peut-être cent cinquante, rassemblés près de la mosquée, dont la majorité est Mastoi. Ce sont eux qui dominent la jirga. Même le mollah ne peut rien contre eux, alors qu'il est la référence de tous les villageois. Je le cherche des yeux, il n'est pas là. J'ignore à cet instant que certains membres de la jirga, en désaccord avec les Mastoi sur la manière de régler cette affaire, ont quitté l'assemblée, les laissant maîtres des lieux.

Devant moi, à présent, je ne trouve que le chef de tribu, Faiz Mohammmed dit Faiz, ainsi que quatre hommes, Abdul Khaliq, Ghulam Farid, Allah Dita et Mohammed Fiaz. Armés de fusils et d'un pistolet. Immédiatement, les armes se pointent sur les hommes de mon clan. Ils agitent les canons, pour les effrayer et les faire fuir, mais mon père et mon oncle ne bougent pas. Tenus en respect par Faiz, ils demeurent derrière moi.

Les Mastoi ont rassemblé leur clan derrière eux. Une muraille d'hommes menaçants, excités et impatients.

J'ai emporté un châle que je déploie à leurs pieds en signe d'allégeance. Je récite de mémoire un verset du Coran, ma main posée sur le Livre saint. Ce que je sais des écritures m'a été entièrement transmis oralement, mais il est possible que je connaisse mieux le texte sacré que la plupart de ces brutes qui me regardent avec mépris. Maintenant, je dois prononcer ma demande de pardon. Afin que l'honneur des Mastoi retrouve sa pureté. Le Pendjab, que l'on appelle le « Pays des cinq rivières », porte aussi le nom de « Pays des Purs ». Mais qui sont les purs ?

Ils m'impressionnent avec leurs fusils et leurs visages mauvais. Faiz surtout, le chef de leur bande, grand et fort, et armé d'un fusil à pompe. Son regard est celui d'un fou, fixe et plein de haine. Mais si j'ai conscience d'appartenir socialement à une caste inférieure, j'ai moi aussi le sens de l'honneur des Gujjar. Notre communauté de petits agriculteurs pauvres a une histoire vieille de plusieurs siècles et, sans la connaître parfaitement, je sens qu'elle fait partie de moi et de mon sang. Ce pardon que je demande à ces brutes n'est qu'une formalité qui n'entache pas mon honneur personnel. Je parle, baissant les yeux et portant ma voix de femme aussi haut que possible dans le grondement sourd de celles des hommes énervés.

— S'il y a faute commise par mon frère, je demande pardon à sa place, et je vous demande sa libération.

Ma voix n'a pas tremblé. En relevant les yeux, j'attends la réponse, mais Faiz ne dit rien, secouant la tête avec mépris. Un court silence suit. Je prie intérieurement, et la peur survient, brutalement, comme un orage de mousson, paralysant mon corps d'une décharge électrique.

Je vois maintenant dans les yeux de cet homme qu'il n'a jamais eu l'intention d'accorder un pardon. Il voulait une femme Gujjar pour assouvir sa vengeance devant tout le village. Ces hommes ont trompé l'assemblée de la jirga, dont ils font eux-mêmes partie, trompé le mollah, mon père, et toute ma famille. C'est la première fois que des membres du conseil décident eux-mêmes un viol collectif pour rendre ce qu'ils appellent leur « justice d'honneur ».

Faiz s'adresse à ses frères, impatients comme lui d'accomplir cette justice. D'affirmer leur puissance par une démonstration de force.

— Elle est là ! Faites ce que vous voulez !

Je suis là, en effet, mais ce n'est plus moi. Ce corps paralysé, ces jambes qui fléchissent ne m'appartiennent plus. Je vais m'évanouir, tomber à terre, mais je n'en ai pas le temps. On me traîne de force comme une chèvre à abattre. Des bras d'hommes ont saisi les miens, tirent sur mes vêtements, sur mon châle et mes cheveux. Je crie :

— Au nom du Coran, lâchez-moi ! Au nom de Dieu, lâchez-moi !

Je passe de la nuit extérieure à une nuit intérieure, quelque part dans un endroit clos où je ne distingue les quatre hommes qu'à la lumière de la lune filtrant par une minuscule fenêtre. Quatre murs et une porte, devant laquelle une silhouette armée se découpe.

Aucune issue. Aucune prière possible.

C'est là qu'ils m'ont violée, sur la terre battue d'une étable vide. Quatre hommes. J'ignore combien de temps a duré cette torture infâme. Une heure ou une nuit.

Moi, Mukhtaran Bibi, fille aînée de mon père, Ghulam Farid, ai perdu conscience de moi-même, mais jamais je n'oublierai les visages de ces brutes. Pour eux, une femme n'est qu'un objet de possession, d'honneur ou de vengeance. Ils l'épousent ou la violent selon leur conception de l'orgueil tribal. Ils savent qu'une femme humiliée de la sorte n'a d'autre recours que le suicide. Ils n'ont même pas besoin de se servir de leurs armes. Le viol la tue. Le viol est l'arme ultime. Il sert à humilier définitivement l'autre clan.

Ils ne m'ont même pas battue, j'étais à leur merci de toute façon, mes parents sous leur menace, et mon frère en prison. Je devais subir, j'ai subi.

Puis ils m'ont poussée dehors, à demi dévêtue, devant tout le village qui attendait. Cette porte de bois à double battant s'est refermée sur eux, cette fois. J'étais seule avec ma honte, à la vue de tous. Je n'ai pas les mots pour dire ce que j'étais à cet instant. Je ne pensais plus, un brouillard avait envahi mon cerveau. Les images de la torture et de l'infâme soumission se sont cachées derrière ce brouillard épais, et j'ai marché en courbant l'échine, le châle sur mon visage, seule dignité qu'il me restait, sans savoir où j'allais, alors que je me dirigeais instinctivement en direction de la maison familiale. J'ai marché comme un fantôme sur ce chemin, inconsciente de la présence de mon père, de mon oncle et de son ami Ramzan qui me suivaient de loin. Durant tout ce temps, ils étaient restés debout, sous la menace des fusils, et les Mastoi les avaient maintenant relâchés.

Ma mère pleure devant la maison. Je passe devant elle, hébétée, incapable de dire un mot. Les autres femmes m'ont accompagnée en silence. J'entre dans l'une des trois chambres réservées aux femmes et me jette sur un lit de paille tressée. Une couverture rabattue sur moi, je ne bouge plus. Ma vie vient de basculer dans une telle horreur que ma tête et mon corps refusent la réalité. Je ne savais pas qu'une violence pareille était possible. J'étais naïve, habituée à vivre sous la protection de mon père et de mon frère aîné, comme toutes les femmes de ma province.

Mariée à dix-huit ans par ma famille à un homme que je ne connaissais pas, fainéant et incapable, j'avais réussi à obtenir le divorce assez vite, avec l'appui de mon père. Je vivais recluse, à l'abri du monde extérieur, ce monde qui s'arrêtait aux limites de mon village. Illettrée, comme toutes les autres femmes, j'avais une vie réduite à deux activités simples, en dehors des tâches de la maison. J'enseignais bénévolement le Coran aux enfants, de la même manière qu'on me l'avait appris, oralement. Et pour participer aux maigres revenus de la famille, j'apprenais aux femmes ce que je savais faire le mieux : la broderie. Du lever au coucher du soleil, mon existence s'en tenait au territoire de la petite ferme paternelle, et se déroulait au rythme des moissons, des tâches quotidiennes. À part ce que m'avait fait découvrir mon mariage, qui m'avait menée provisoirement dans une autre maison que la mienne, je ne connaissais rien d'autre que cette existence, identique à celle des autres femmes de mon entourage. Le destin venait de me précipiter hors de cette vie rassurante, et je ne comprenais pas la raison de ma punition. Je me sentais morte, tout simplement. Incapable de penser et de surmonter cette souffrance inconnue, si grande qu'elle me paralysait.

Toutes les femmes pleuraient autour de moi. Je sentais des mains sur ma tête et sur mon épaule en signe de compassion. Mes sœurs les plus jeunes sanglotaient, alors que je demeurais immobile, bizarrement étrangère à ce malheur qui me concernait et rejaillissait sur toute la famille. Durant trois jours, je n'ai quitté cette chambre que pour mes besoins naturels, mais je n'ai ni mangé, ni pleuré, ni parlé. J'entendais ma mère dire :

— Il faut oublier, Mukhtaran. C'est fini. La police va relâcher ton frère.

J'entendais d'autres paroles aussi. Une femme du village avait déclaré :

— Shakkur a fauté, il a violé Salma…

Une autre affirmait :

— Mukhtaran devait épouser un Mastoi, comme l'avait dit le mollah, et Shakkur épouser Salma. C'est elle qui n'a pas voulu. C'est sa faute.

Les paroles couraient dans le village, comme des corbeaux noirs ou des pigeons blancs, selon celui ou celle qui parlait. Peu à peu, je comprenais l'origine de tout cela.

Les tractations au sein de la jirga, qui se déroulent normalement dans la maison du mollah Abdul Razzak, s'étaient tenues cette fois dans la rue, en plein village. Ce conseil tribal traditionnel agit en dehors de toute législation officielle, et se charge de faire intervenir une médiation entre plaignants des deux parties, en principe au mieux des intérêts de chacun. Dans les villages, les gens préfèrent s'adresser à la jirga, car la justice officielle coûte trop cher. Il faut payer un avocat, ce que la plupart des paysans sont incapables de faire. J'ignorais pourquoi, dans le cas de mon frère accusé de viol, aucune médiation de la jirga n'avait été possible. Mon père et mon oncle ne m'en avaient dit que très peu – les femmes sont rarement au courant des décisions prises par les hommes. Mais lentement, grâce aux commentaires qui nous parvenaient du village, j'ai commencé à comprendre la raison de ma punition.

Shakkur aurait été surpris en flagrant délit de flirt avec Salma. Selon d'autres bruits, il aurait volé des pieds de canne à sucre dans un champ. C'est en tout cas ce que les Mastoi ont prétendu au début. Après l'avoir accusé de ce vol, le clan a kidnappé, frappé et sodomisé mon frère pour l'humilier. Shakkur n'a raconté les faits que plus tard et uniquement à notre père. Il a tenté de s'échapper à plusieurs reprises, mais ils l'ont rattrapé chaque fois.

Ensuite, pour dissimuler le viol de mon jeune frère devant l'assemblée de la jirga, ils ont alors inventé une nouvelle version selon laquelle Shakkur aurait eu des rapports sexuels avec Salma, supposée vierge. Un crime terrible. Il est interdit aux filles de parler aux garçons. Si une femme croise un homme, elle doit baisser les yeux et ne jamais s'adresser à lui, sous aucun prétexte.

Lorsque je vois passer Shakkur dans la cour, je ne peux pas imaginer chose pareille. C'est un petit adolescent d'une douzaine d'années, peut-être treize – chez nous, on ne connaît son âge que par les paroles de la mère ou du père : « Cette année, tu as cinq ans, dix ans, vingt ans... », sans tenir compte d'une date de naissance, enregistrée nulle part. Maigre et encore dans l'enfance, mon jeune frère n'a pu avoir de rapport avec aucune fille.

Salma est une femme de vingt ans, assez délurée. Elle l'a peut-être provoqué en paroles, à sa façon habituelle, mais il n'est coupable certainement que de l'avoir croisée à l'orée du champ de maïs des Mastoi. Certains disent, dans le village, qu'il a flirté avec elle – en tout cas qu'il lui a parlé –, d'autres affirment qu'ils ont été surpris assis ensemble et se tenant la main... La vérité se dilue dans la poussière des paroles des uns et des autres selon leur appartenance aux différents clans.

Shakkur n'a rien fait de mal, j'en suis sûre.

Ce qu'il a confié à notre père des tortures subies ce jour-là n'a d'égal que les miennes.

Tout cela tourne indéfiniment dans ma tête durant presque une semaine – pourquoi lui, et pourquoi moi ? Cette famille voulait simplement détruire la nôtre.

J'entends dire encore qu'une première proposition a été soumise aux Mastoi par le mollah Abdul Razzak. Selon lui, la sagesse voulait que pour calmer les esprits, et éviter que les deux clans ne soient ennemis à jamais, Shakkur soit donné en mariage à Salma, et que l'aînée des filles Gujjar, moi-même, épouse un Mastoi en échange. Certains prétendent que j'ai refusé, et que je serais donc coupable de ce qui m'est arrivé, pour avoir entravé la conciliation. Alors que selon les autres membres du conseil, c'est le chef des Mastoi lui-même qui a rejeté cette mésalliance. Il a même hurlé :

— Je vais tout casser dans leur maison, tout détruire ! Tuer le bétail et violer leurs femmes !

Le mollah a alors quitté le conseil, n'ayant pas d'autre proposition à faire. C'est finalement Ramzan, le seul qui n'appartienne ni à la caste des Mastoi ni à la nôtre, qui a convaincu mon père et mon oncle de tenter une autre conciliation : demander pardon. Envoyer une femme respectable, de mon âge, faire acte de soumission devant ces brutes. Obtenir la clémence des Mastoi pour qu'ils retirent leur accusation et que la police libère mon frère. C'est ainsi que je suis partie, confiante, pour affronter ces brutes, sans que personne puisse imaginer que j'allais être la victime de cette dernière tentative de conciliation.

Mais Shakkur n'était toujours pas libre, après que mes violeurs m'avaient jetée dehors. Alors, la nuit même, un de mes cousins est allé voir Faiz, le chef de clan Mastoi.

— Ce que vous avez fait est fait. Maintenant, faites libérer Shakkur.

— Va au commissariat, je leur parlerai après.

Le cousin est allé au commissariat.

— J'ai parlé avec Faiz, il a dit de libérer le garçon.

Le policier a décroché son téléphone et appelé Faiz, comme si celui-ci était son chef.

— Quelqu'un vient d'arriver chez nous, et dit que tu es d'accord pour libérer Shakkur…

— Qu'il paie d'abord pour sa libération. Prenez l'argent et relâchez-le après.

La police a demandé douze mille roupies, une somme énorme pour la famille. Trois ou quatre mois de salaire d'un ouvrier. Mon père et mon oncle ont fait le tour de tous les cousins, des voisins, pour la rassembler. Et ils sont retournés dans la nuit donner l'argent à la police. Mon frère a été finalement libéré vers une heure du matin.

Mais il est toujours en danger. La haine ne retombera pas. Les Mastoi iront jusqu'au bout de leur accusation, ils ne peuvent plus reculer sans perdre la face et l'honneur – et un Mastoi ne cède jamais. Ils sont là, dans leur maison, le chef de famille et ses frères, de l'autre côté du champ de canne à sucre. À portée de vue. Ils ont triomphé de mon frère et de moi, mais la guerre est ouverte. Les Mastoi sont tous armés. Ils appartiennent à une caste de guerriers, et nous n'avons que du bois pour allumer le feu, et aucun allié puissant pour nous défendre.

Je veux me suicider, ma décision est prise. C'est ce que font les femmes dans mon cas. Je vais avaler de l'acide et mourir pour éteindre définitivement le feu de la honte qui pèse sur moi et ma famille. Je supplie ma mère de m'aider à mourir. Qu'elle aille acheter de l'acide et que ma vie s'achève enfin, puisque je suis déjà morte dans l'esprit des autres. Ma mère éclate en sanglots et m'en empêche ; elle ne me quitte plus, de jour comme de nuit. Je ne parviens plus à trouver le sommeil et elle ne me laisse pas mourir. Durant plusieurs jours, je deviens folle d'impuissance. Je ne peux pas continuer à vivre ainsi, couchée, enfouie sous mon châle. Finalement, un sursaut de colère inattendu me sauve de cette paralysie.

Je cherche comment me venger à mon tour. Je pourrais engager des hommes pour tuer mes agresseurs. Ils surgiraient dans leur maison, armés de fusils, et justice serait faite. Mais je n'ai pas d'argent. Je pourrais acheter moi-même un fusil, ou de l'acide et le jeter dans leurs yeux pour les rendre aveugles. Je pourrais... mais je ne suis qu'une femme, et nous n'avons pas d'argent, nous n'avons pas ce droit. Les hommes ont le monopole de la vengeance et elle passe à travers les violences faites aux femmes.

J'entends maintenant parler de choses jamais révélées auparavant : les Mastoi ont déjà pillé la maison de l'un de mes oncles, ils ont déjà violé à plusieurs reprises, ils sont capables de surgir dans n'importe quelle maison avec leurs fusils et de piller sans vergogne. La police le sait, et elle sait aussi que personne n'a le droit de se plaindre d'eux, car celui qui oserait le faire serait tué aussitôt. Aucun recours n'est possible contre eux, ils sont là de génération en génération. Ils connaissent des députés et ont tous les pouvoirs, depuis notre village jusqu'à la préfecture de région, c'est une domination totale. C'est ainsi qu'ils ont dit à la police, dès le début :

— Si vous devez relâcher Shakkur, c'est à nous qu'il faudra le remettre !

Même les policiers avaient peur pour la vie de mon frère, et la seule solution qu'ils ont trouvée a été de le mettre en cellule, le temps de savoir comment l'innocenter ou le juger.

Ainsi, cette demande de pardon que l'on m'a demandé de faire en public était vouée à l'échec. Ils ne l'ont acceptée que pour me violer devant le village tout entier. Ils ne craignent ni Dieu, ni diable, ni le mollah. Ils ont la puissance que leur attribue leur caste supérieure. Selon le système tribal, ils décident qui est leur ennemi, qui doit être écrasé, humilié, volé, violé, en toute impunité. Ils s'attaquent aux faibles, et nous sommes les faibles.

Alors je prie, pour que Dieu m'aide à choisir entre le suicide et la vengeance par n'importe quel moyen. Je récite le Coran, je m'entretiens avec Dieu comme lorsque j'étais enfant.

Quand j'avais fait une bêtise, ma mère disait toujours :

— Fais attention, Mukhtaran, Dieu voit tout ce que tu fais !

Je regardais le ciel alors, me demandant s'il y avait là-haut une fenêtre qui permettait à Dieu de me voir, mais par respect pour ma mère je ne posais pas la question. Les enfants n'adressent pas la parole à leurs parents. Parfois, j'avais besoin de parler à un adulte. C'est à ma grand-mère paternelle que je demandais toujours de m'expliquer les « pourquoi » et les « comment ». Elle était la seule à m'écouter.

— Nanny, maman dit toujours que Dieu me regarde. Est-ce qu'il y a vraiment une fenêtre dans le ciel, qu'il ouvre pour me regarder ?

— Dieu n'a pas besoin d'ouvrir la fenêtre, Mukhtaran, le ciel tout entier est sa fenêtre. Il te voit et il voit tous les autres sur terre. Il juge tes bêtises comme celles des autres. Quelle bêtise as-tu commis ?

— Avec mes sœurs, nous avons pris le bâton du grand-père des voisins, et nous l'avons mis en travers devant la porte de la chambre. Quand le grand-père est entré, nous avons soulevé le bâton chacune de notre côté, et il est tombé !

— Pourquoi avez-vous fait ça ?

— Parce qu'il nous dispute toujours. Il ne veut pas que l'on monte dans les arbres pour se balancer aux branches, il ne veut pas que l'on parle, que l'on rie, que l'on joue, il ne veut rien ! Et il nous menace toujours avec son bâton, dès qu'il arrive ! « Toi, tu n'as pas lavé tes fesses, va te laver ! Toi, tu n'as pas mis ton foulard ! Va t'habiller ! » Il nous gronde sans arrêt, il ne fait que ça !

— Ce grand-père est très vieux, et a mauvais caractère. Il ne supporte pas les enfants, mais ne recommence pas ! Qu'as-tu fait d'autre ?

— Je voulais venir manger chez toi, maman n'a pas voulu. Elle dit que je dois manger à la maison.

— Je parlerai à ta mère pour qu'elle n'ennuie plus ma petite-fille...

Personne dans la famille ne nous a battus. Mon père n'a jamais levé la main sur moi. Mon enfance était simple, pauvre – ni heureuse ni malheureuse, mais joyeuse. J'aurais aimé que cette période dure toute ma vie. J'imaginais Dieu comme un roi : il était grand et fort, assis sur un divan, entouré d'anges, et il pardonnait. Il accordait sa grâce à celui qui avait fait du bien, et envoyait l'autre en enfer pour le mal qu'il avait fait.

À vingt-huit ans – à un an près si j'en crois ma mère –, Dieu est le seul recours de ma solitude dans cette chambre où m'enferme la honte. Mourir ou me venger ? Comment retrouver l'honneur ?

Pendant que je prie, seule, les bruits continuent de courir au village.

On raconte que, pendant la prière du vendredi, le mollah a fait un sermon. Il a dit haut et fort que ce qui s'était passé dans le village était un péché, une honte pour toute la communauté, et que les villageois devaient s'adresser à la police.

On raconte qu'il y avait un journaliste de la presse locale dans l'assemblée, et qu'il a relaté l'histoire dans son journal.

On raconte aussi que les Mastoi se sont rendus à la ville, dans un restaurant, où ils se sont vantés publiquement de leurs exploits, avec force détails, et qu'ainsi la nouvelle s'est répandue dans la région.

Le quatrième ou le cinquième jour de ma réclusion, sans manger ni dormir, alors que je récite inlassablement le Coran, pour la première fois les larmes sortent. Je pleure enfin. Mon corps et ma tête, épuisés et desséchés, se libèrent en lents ruisseaux de larmes.

Je n'ai jamais été très démonstrative. Enfant, j'étais gaie, insouciante, et volontiers encline aux petites farces sans conséquence et aux fous rires. Je me souviens de n'avoir pleuré qu'une fois, vers l'âge de dix ans. Un petit poussin échappé, poursuivi par mes frères et sœurs, s'est précipité malgré moi dans le feu sur lequel je faisais cuire les *chapatis*. Je n'ai pas pu le sauver. J'ai jeté de l'eau sur le feu, mais trop tard. Il est mort brûlé sous mes yeux. Persuadée que c'était ma faute, que j'avais été maladroite dans mon geste pour l'attraper, j'ai pleuré toute la journée sur la mort horrible de ce petit oiseau innocent. Je n'ai jamais oublié ce sentiment de culpabilité, il m'a poursuivie et je me sens toujours coupable aujourd'hui. Si je n'avais pas fait ce geste, je l'aurais peut-être sauvé, il aurait grandi, vécu. J'avais le sentiment d'avoir commis un péché en tuant un être vivant. J'ai pleuré sur ce poussin mort, grillé par le feu en quelques secondes, comme je pleure aujourd'hui sur moi. Je me sens coupable d'avoir été violée. C'est un sentiment terrible, car ce n'est pas ma faute. Je ne voulais pas la mort du poussin, comme je n'ai rien fait pour subir cette humiliation. Mes violeurs ne se sentent pas coupables, eux. Je ne parviens pas à oublier. Je ne peux parler à personne de ce qui m'est arrivé. Ça ne se fait pas. Et j'en suis incapable de toute façon. Revivre cette nuit épouvantable m'est insupportable, je la chasse violemment de ma tête dès qu'elle revient. Je ne veux pas me souvenir. Mais c'est impossible.

Soudain, j'entends des cris dans la maison, la police arrive !

Je sors de la chambre pour voir Shakkur qui se sauve à toutes jambes dans la cour, tellement paniqué qu'il se dirige, sans s'en rendre compte, droit vers la maison des Mastoi ! Et mon père court derrière lui, tout aussi affolé. C'est moi qui dois les calmer et les faire revenir.

— Papa, reviens ! N'aie pas peur ! Reviens, Shakkur !

En entendant la voix de sa fille, qu'il n'a pas vue depuis plusieurs jours, au moment où il rattrapait son fils, mon père s'arrête et tous deux reviennent prudemment dans la cour où les policiers attendent.

Bizarrement, je n'ai plus peur de rien, encore moins de la police.

— Qui est Mukhtaran Bibi ?

— C'est moi.

— Approche ! Tu dois venir avec nous au commissariat, immédiatement. Shakkur et ton père aussi. Où est ton oncle ?

Nous partons dans la voiture de police, mon oncle est récupéré en chemin, et on nous emmène au commissariat du district de Jatoï dont dépend le village. Et là, on nous dit d'attendre que le chef arrive. Il y a des chaises, mais personne ne nous propose de nous asseoir. Il paraît que le chef dort.

— On vous appellera !

Des journalistes sont présents. Ils me posent des questions, veulent tout savoir sur ce qui m'est arrivé et, tout à coup, je parle. Je dis les choses, sans entrer dans les détails intimes qui ne regardent que ma pudeur de femme. Je cite le nom des violeurs, décris les circonstances, explique comment tout a commencé par la fausse accusation sur mon frère. Aussi ignorante que je sois des lois et du système judiciaire, qui n'est jamais accessible aux femmes, je sens instinctivement que la présence de ces journalistes est une chose dont je dois profiter.

C'est alors que quelqu'un de la famille arrive au commissariat, affolé. Les Mastoi ont entendu dire que j'étais avec la police, et nous ont menacés de représailles.

— Ne dis rien. On va te demander de signer un rapport de police, ne le fais pas. Il faut te retirer de cette affaire. Si tu rentres à la maison sans faire enregistrer ta plainte, ils nous laisseront tranquilles, sinon…

J'ai décidé de me battre. Je ne sais pas encore pourquoi la police est venue nous chercher. J'apprendrais seulement plus tard que notre histoire s'est répandue très vite dans les journaux du pays, grâce au premier article local. Elle est maintenant connue jusqu'à Islamabad, et même ailleurs dans le monde ! Le gouvernement de la province du Pendjab, inquiet de cette publicité inhabituelle, a demandé à la police locale d'enregistrer au plus vite un rapport d'information. C'est la première fois que des membres d'une jirga ordonnent un viol collectif comme punition, en outrepassant l'avis du mollah.

Ignorante des lois et de mes droits au point que, comme la plupart des femmes illettrées, je pensais n'en avoir aucun, je devine à présent que ma vengeance peut passer par une autre voie que le suicide. Que m'importent les menaces ou le danger, il ne peut rien m'arriver de plus grave, et mon père, contre toute attente, se range de mon côté.

Si j'étais éduquée, si je savais lire et écrire, tout serait plus simple. Mais je m'engage, et ma famille derrière moi, sur un chemin nouveau dont j'ignore tout à ce moment-là. Car la police, dans notre province, est directement soumise aux castes supérieures. Ses membres se comportent en gardiens farouches de la tradition, en alliés des forces tribales. Une décision prise par une jirga, quelle qu'elle soit, est conforme à leurs principes. Il est impossible d'inculper une famille influente dans ce qu'elle considère comme une affaire de village, surtout si une femme en est victime. La plupart du temps, la police coopère avec le coupable, qu'elle ne juge pas comme tel. Une femme n'est qu'un objet d'échange, de la naissance au mariage. Selon la coutume, elle n'a aucun droit. J'ai été élevée de la sorte, et jamais personne ne m'a dit qu'il y avait au Pakistan une constitution, des lois, des droits inscrits dans un livre. Je n'ai jamais vu d'avocat ni de juge. Cette justice officielle m'est totalement inconnue, réservée aux gens éduqués et riches.

Je ne sais pas jusqu'où va me mener cette décision de porter plainte. Dans l'instant, elle me sert de tremplin pour survivre, en donnant à ma révolte et à mon humiliation une arme inconnue, mais qui me paraît précieuse parce qu'elle est la seule que j'aie. C'est la justice ou la mort. Peut-être les deux. Et lorsqu'un policier m'a fait entrer seule dans un bureau, vers dix heures du soir, me laissant rester debout devant lui, et a commencé à écrire les réponses aux questions qu'il me posait, un autre sentiment m'a envahie : la méfiance.

Il s'est levé trois fois pour aller voir son chef, que je n'ai pas aperçu moi-même. Chaque fois, il revenait pour écrire trois lignes, alors que j'avais parlé longtemps. Et, finalement, il m'a dit de poser mon doigt sur de l'encre et de l'appuyer en bas de la page en guise de signature.

Même sans savoir lire, même sans avoir entendu ce qu'il demandait à son chef, j'ai compris qu'il avait écrit en une seule demi-page ce que lui dictait son chef. Autrement dit, le chef de la tribu des Mastoi. Je n'en avais pas la certitude, mais l'instinct. Il n'a même pas relu pour moi ce qu'il avait écrit. Il était deux heures du matin, je venais de mettre mon empreinte sur un document disant simplement qu'il ne s'était rien passé, ou que j'avais menti. Je n'ai même pas compris qu'il avait mis une fausse date sur le rapport. Nous étions le 28 juin, il l'a daté du 30. Il a préféré se donner deux jours de délai, ce n'était pas urgent pour lui.

En sortant du poste de police de Jatoï, il nous fallait nous débrouiller pour rentrer chez nous, à des kilomètres de là. Il y avait là quelqu'un avec une motocyclette. Normalement, il aurait dû accepter de nous transporter – ce mode de locomotion est courant –, pourtant il a refusé de nous emmener, Shakkur et moi, de peur de rencontrer des Mastoi sur la route.

— Je veux bien prendre ton père, mais c'est tout.

Le cousin qui était venu nous prévenir des menaces au village a bien été forcé de nous raccompagner, mais il a fait un détour pour ne pas passer par le chemin habituel.

Rien ne serait plus habituel à partir de ce moment. J'étais moi-même déjà différente. Je ne savais pas comment j'allais me battre et obtenir la justice comme vengeance, mais le nouveau chemin était dans ma tête, le seul possible. Mon honneur et celui de ma famille en dépendaient. Quitte à mourir, je ne mourrais pas humiliée. J'avais souffert plusieurs jours, envisagé le suicide, pleuré... Je changeais de comportement, alors que je m'en croyais incapable.

En m'engageant dans ce parcours inextricable de la loi officielle, défavorisée par ma condition de femme, par mon illettrisme, je n'avais, en dehors de ma famille, qu'une seule force à ma disposition : la révolte.

Elle était aussi puissante que ma soumission avait été totale jusque-là.

UN JUGE
PAS COMME LES AUTRES

Il est cinq heures du matin lorsque nous rentrons enfin chez nous, et je suis épuisée par l'épreuve. C'est à ce moment-là qu'une femme modeste de ma condition se pose des questions. Celle de savoir si j'ai raison de vouloir bousculer l'ordre établi par la tradition tribale. Je sais maintenant que la décision de me violer a été prise devant toute l'assemblée du village. Mon père et mon oncle l'ont entendue, comme les autres villageois. Ma famille espérait que le pardon serait finalement accordé. En réalité, nous sommes tous pris dans le même piège, et j'étais condamnée d'avance.

Quels que soient mes doutes et mes craintes, il est trop tard à présent pour reculer. Les hommes du Pendjab, Mastoi, Gujjar ou Baloutches, ne se rendent pas compte à quel point il est douloureux, insupportable pour une femme, de devoir raconter ce qu'elle a subi. Pourtant, je n'ai pas donné de détails à ce policier. Le simple mot « viol » est suffisant. Ils étaient quatre. Faiz a ordonné. J'ai vu les visages. Ils m'ont jetée dehors, j'ai recouvert mon corps à demi nu sous les yeux des autres hommes et j'ai marché. Le reste est un cauchemar que je m'efforce de chasser de ma tête.

Le dire et le redire encore, je ne pourrais pas. Car c'est le revivre chaque fois. Si je pouvais seulement avoir la confiance de quelqu'un – avec une femme, ce serait moins douloureux. Hélas ! dans la police et la justice, il n'y a que des hommes, toujours des hommes.

Et ce n'est pas fini. Nous sommes à peine de retour chez nous quand la police débarque de nouveau. On m'emmène, cette fois, au commissariat du canton, pour des « formalités ».

Je me dis que, la nouvelle étant déjà parue dans la presse, ils craignent peut-être l'arrivée d'autres journalistes et que l'affaire, mon affaire, n'aille plus loin. Mais rien n'est certain dans ma tête. Bouger mon corps est difficile, affronter les regards est humiliant. Comment dormir, manger, boire après cette épreuve ? Et pourtant je marche, j'avance, je monte dans cette voiture, le visage dans mon châle, sans même regarder la route. Je suis une autre femme.

Me voilà assise par terre dans une pièce vide, en compagnie d'autres personnes que je ne connais pas. J'ignore totalement ce que je fais là, ce qui m'attend, et personne ne vient me chercher pour m'interroger.

Et comme personne ne me parle, ou ne m'explique quoi que ce soit, j'ai le temps de réfléchir à la manière dont on traite les femmes. Les hommes « savent », nous n'avons qu'à nous taire et attendre. Pourquoi nous informer ? Ce sont eux qui décident, règnent, agissent, jugent. Je pense aux chèvres que l'on attache dans la cour, pour qu'elles ne divaguent pas dans la nature. Je ne compte pas plus qu'une chèvre, ici, même si je n'ai pas de corde au cou.

Le temps s'écoule, et je vois arriver mon père et Shakkur, venus constater ce qui se passe. La police les enferme dans la même pièce que moi. Nous restons là jusqu'au soir, n'osant pas parler et, au coucher du soleil, les policiers nous ramènent au village en voiture. Aucun interrogatoire, aucune « formalité ». J'ai le sentiment d'être mise à l'écart de quelque chose, sans savoir quoi, comme d'habitude. Lorsque j'étais enfant, puis jeune fille, je ne pouvais que tendre l'oreille pour essayer de saisir ce que disaient les adultes. Il ne fallait ni poser de questions ni prendre la parole, mais seulement attendre de comprendre ce qui se produisait autour de moi, en rassemblant les mots des autres.

Le lendemain, à cinq heures du matin, la police est de retour. On m'emmène au même endroit, dans la même pièce, j'y demeure toute la journée, et, au coucher du soleil, on me ramène à la maison. Le troisième jour, même chose. Même cellule, même journée entière sans rien faire. Je n'étais pas certaine que cet enfermement soit dû à la présence des journalistes dans le secteur, mais j'en ai eu la confirmation plus tard. Si j'avais su, j'aurais refusé de suivre la police, je n'aurais pas quitté la maison. Ce troisième et dernier jour, dans la soirée, la police a amené mon père, Shakkur et le mollah dans le même commissariat. Je ne les ai pas vus car il y avait deux pièces séparées, je l'ai compris ensuite : l'une pour la branche pénale et l'autre pour la criminelle. J'étais confinée du côté pénal, et les autres du côté criminel. Ils m'ont raconté ensuite ce qui s'était passé pour eux. Tous les trois ont été interrogés avant moi sur leur version de l'affaire, on est venu me chercher en dernier. Le mollah que j'ai croisé en sortant m'a lancé très vite :

— Fais attention ! Ils écrivent tout ce qu'on leur dit à leur façon.

C'était à mon tour, et à peine dans le bureau du chef, responsable de tout le canton, j'ai compris.

— Tu sais Mukhtar, on connaît très bien Faiz Mastoi, il n'est pas très méchant, mais toi tu l'accuses. Pourquoi tu l'accuses, ça ne sert à rien !

— Mais Faiz a dit : « Elle est là, faites ce que vous voulez ! »

— Il ne faut jamais prétendre ça. Ce n'est pas lui qui a dit ça.

— Mais si ! Et les autres m'ont attrapée par le bras, et j'ai crié au secours, j'ai supplié...

— Tout ce que tu as dit jusqu'à maintenant, je vais l'écrire, et je te lirai le rapport préliminaire. Mais demain, je t'emmènerai au tribunal et, devant le magistrat, tu feras bien attention, très attention, tu raconteras exactement ce que moi je te dis maintenant. J'ai tout préparé, et je sais que c'est bien pour toi, pour ta famille et pour tout le monde.

— Ils m'ont violée !

— Tu ne dois pas dire que tu as été violée !

Il y a un papier sur son bureau, où il a déjà écrit quelque chose. Comment savoir ce qu'il y a inscrit ?

Si seulement je savais lire. Il a vu mon regard, il s'en moque.

— Tu ne dois pas citer le nom de Faiz. Tu ne dois pas raconter que tu as été violée. Tu ne dois pas dire que c'est lui qui a ordonné quelque chose, ou qui a fait quelque chose.

— Mais il était là !

— Tu peux préciser que Faiz était là, oui : ça, on le sait. Mais prétendre que c'est Faiz qui a ordonné, non ! Tu dis que Faiz a lancé, par exemple : « Elle est là, pardonnez-lui ! »

Là, je me suis énervée. Je suis sortie de la pièce, furieuse.

— Tout ce que je dois dire, je le sais, je l'ai déjà fait ! Je n'ai pas à écouter ce que tu racontes !

Et je me suis retrouvée dans le couloir, prête à quitter cet endroit. Humiliée et révoltée. C'était clair dans ma tête : ce policier voulait à tout prix que j'innocente Faiz. Il croyait m'impressionner suffisamment pour que j'abandonne. Ah, il connaît Faiz ! Et il dit qu'il n'est pas « très méchant » ? La moitié du village sait de quoi il est capable. Mon oncle le sait aussi, et mon père également. Shakkur et moi sommes ses victimes, et lorsqu'il n'est pas « très méchant », comme dit ce policier, il se contente d'empêcher les gens de ma caste d'acheter quelques mètres de terrain, afin de les prendre pour lui. C'est ça, le pouvoir féodal. Ça commence par la terre, et ça finit par le viol.

Je suis peut-être pauvre et illettrée, je ne me suis peut-être jamais mêlé des affaires des hommes, mais j'ai des oreilles pour entendre et des yeux pour voir. Et j'ai aussi une voix pour parler et dire ce que j'ai à dire !

Un policier est sorti derrière moi. Il m'entraîne à l'écart de mon père et du mollah qui attendent encore devant la porte de l'autre bureau.

— Viens, viens, écoute-moi bien... Calme-toi, Mukhtaran Bibi. Écoute, il faut répéter ce que nous te disons, parce que c'est mieux pour toi, et mieux pour nous.

Je n'ai pas le temps de lui répondre. Un autre policier entraîne mon père, le mollah et Shakkur dans le bureau, en leur disant :

— Allez, on doit faire quelque chose tout de suite, vous allez signer et on remplira le reste !

Il prend trois papiers sur lesquels rien n'est écrit et referme la porte sur les trois hommes.

Très vite, il ressort et avance vers moi :

— Ton père, le mollah Razzak et Shakkur sont d'accord, ils ont signé, et nous, nous allons remplir le reste. La quatrième page, c'est pour toi, alors tu fais comme eux, tu mets ton doigt pour signer. Et on va écrire sur le papier exactement ce que tu as dit, il n'y a pas de problème. Mets le pouce !

Le mollah a signé, et j'ai confiance en lui. Alors je fais ce que le policier me demande de faire, et je pose mon pouce en bas du papier blanc.

— C'est bien. Tu vois, ce n'est qu'une formalité. Tout à l'heure, on va vous emmener au tribunal, devant le magistrat. Attendez là.

Vers dix-neuf heures, alors que le soleil s'est couché, deux voitures de police nous emmènent. Le mollah seul dans la première, et nous trois dans l'autre. En cours de route, les policiers reçoivent un message du magistrat, qui leur explique qu'il ne peut pas se rendre au tribunal car il a des invités chez lui. Il demande qu'on nous amène à son domicile. Une fois sur place, il change d'idée.

— Non, ça ne va pas ici, il y a trop de monde. Finalement, il vaut mieux faire ça au tribunal. Emmenez-les, je vous suis !

Nous attendons dehors, devant la porte du tribunal, et lorsque le magistrat arrive à son tour, je vois qu'une voiture de police amène également Faiz et quatre autres personnes, que je distingue mal dans la nuit. Je n'ai reconnu que Faiz, mais je suppose que les autres sont ceux qui m'ont violée.

Je ne savais pas qu'ils étaient convoqués. Nous ne parlons pas entre nous, à cause des policiers. Shakkur semble triste, accablé. Son visage porte les marques de ce qu'il a subi, même si le sang ne coule plus. Mon frère ne s'est confié qu'à mon père jusqu'ici. J'espère qu'il saura se défendre, lui aussi. Mais il est jeune, si jeune pour affronter la police et un tribunal dans la même journée. Je me demande si on lui a conseillé, comme à moi, de n'accuser personne.

Heureusement, mon père est là. Il nous protège comme il l'a toujours fait, au contraire de certains pères qui n'hésiteraient pas à sacrifier leur fils ou leur fille pour ne pas risquer eux-mêmes d'avoir des ennuis. Il m'a soutenue dans mon divorce, lorsqu'il a compris que l'homme désigné pour être mon mari n'était pas correct, que c'était un fainéant qui ne tenait pas ses promesses. Il est resté ferme, comme moi, jusqu'à ce j'obtienne le *talaq*. Le talaq ne peut être donné que par le mari, c'est son acceptation du divorce. Sans cela, il est impossible à une femme de divorcer : il faut justifier sa demande devant un juge, ce qui coûte cher et n'est pas toujours permis. J'ai retrouvé ma liberté grâce à mon père et à mon obstination, la seule force que nous ayons face aux hommes. Et mon père a cru que, selon la loi tribale, dans une assemblée de village, Faiz devait accorder son pardon. Cette loi est écrite quelque part, il me l'a dit. Même lorsqu'il s'agit d'un meurtre dans une affaire familiale, le pardon est possible. En réalité, cette loi favorise le plus puissant : il peut pardonner un outrage, mais il n'est pas obligé de le faire. Et les Mastoi sont plus nombreux, ils dominent l'assemblée.

Puisque les Mastoi n'ont pas pardonné, moi non plus. L'outrage qu'ils prétendent avoir subi n'est pas égal à celui de mon frère et au mien. L'honneur n'appartient pas qu'aux Mastoi.

Me voilà devant le magistrat, la première à être interrogée cette fois. C'est un homme distingué, très poli – le premier qui demande une chaise supplémentaire pour que je puisse m'asseoir. Et, au lieu de trôner sur son siège de magistrat, il s'installe en face de moi, de l'autre côté d'une table. Il demande également une carafe d'eau et des verres. Je bois en même temps que lui et je lui suis reconnaissante car la journée a été rude.

— Écoute, Mukhtar Bibi, n'oublie jamais que tu es devant un juge. Dis-moi exactement la vérité, tout ce qui s'est passé. N'aie pas peur. Je dois savoir ce qui t'est arrivé. Ici, tu es seule avec moi et mon assistant qui va noter ce que tu as à dire. C'est un tribunal, et je suis là pour savoir. Parle en confiance.

Je débute mon récit, aussi calmement que possible, mais la gorge serrée. Dire le viol est une épreuve, et il m'encourage, sans cesser de me rappeler :

— Attention, dis-moi la vérité. Pas de pression, pas de panique, dis-moi tout.

J'ai vraiment confiance. À sa façon de s'exprimer, je pressens que cet homme est impartial. Son attitude n'est pas celle des policiers, il n'a pas commencé par me menacer, ou par parler à ma place ; il ne veut que la vérité. Et il écoute avec attention, sans mépris. Lorsqu'il voit que l'émotion me fait trembler ou transpirer, que je m'affole, il m'arrête :

— Prends ton temps, calme-toi. Bois un verre d'eau.

La séance a duré une heure et demie. Il a voulu connaître tous les détails de ce qui s'est passé dans cette maudite étable. J'ai tout dit. Ce que je n'ai encore raconté à personne, pas même à ma propre mère. Puis il est allé s'asseoir à sa place de juge.

— Tu as bien fait de me dire la vérité, Dieu décidera.

Il prend maintenant des notes, en silence, et je suis tellement fatiguée que je pose ma tête sur la table. Je voudrais dormir, rentrer chez moi, qu'on ne me pose plus de questions.

À présent, le juge fait entrer le mollah Razzak et, comme pour moi, il s'adresse à lui poliment.

— Il faut me dire la vérité. Vous êtes quelqu'un de responsable, je compte sur vous. Il ne faut rien me cacher.

Le mollah commence à parler, mais très vite je n'entends presque plus. Finalement, je me suis endormie d'un coup, assommée de fatigue, et je ne me souviens plus de rien. Qui est entré ensuite, ce qui s'est dit… brouillard. Je n'ai repris conscience qu'au moment où mon père m'a réveillée.

— Mukhtar, on va partir, allons ! Il faut s'en aller.

À l'instant où je quittais la salle, le juge s'est levé de son siège, s'est avancé vers moi et, en signe de consolation, a mis sa main sur ma tête.

— Tiens bon. Courage. Tenez bon, vous tous.

La police nous a enfin ramenés à la maison. Je n'ai pas revu Faiz et les autres en sortant, et j'ignore s'ils ont été interrogés après nous. Mais, dès le lendemain, il y avait des journalistes devant la maison, ainsi que des hommes et des femmes inconnus, des représentants d'organisations des droits de l'homme. J'ignore comment ils sont arrivés, qui les a renseignés. J'ai même rencontré le représentant de la télévision anglaise, la BBC, un Pakistanais venu d'Islamabad. Il y en avait tant, d'étrangers, que je ne savais plus qui ou quoi ils représentaient. Le va-et-vient était quotidien. Jamais notre petite maison n'avait connu une telle affluence – les poulets couraient dans la cour, le chien aboyait, et tout ce monde s'est agité autour de moi durant quatre jours.

J'ai parlé sans appréhension, sauf si quelqu'un me demandait trop de détails. Je comprenais que cette effervescence dans le village ne pouvait que me protéger des menaces de mes voisins, dont la ferme est à portée de regard. Si tout ce monde voulait savoir, c'est que je symbolisais dans ma région la révolte de toutes les autres femmes violentées. Une femme devenait emblématique pour la première fois.

Et j'ai appris d'eux des choses que je ne connaissais pas, des drames parus dans les journaux, d'autres viols, d'autres violences. On m'a lu un rapport remis par des associations aux autorités du Pendjab, disant que, durant le mois de juin, plus de vingt femmes avaient été violées par cinquante-trois hommes ! Deux femmes étaient mortes : la première avait été assassinée par ses violeurs, de peur qu'elle ne les dénonce, l'autre s'était suicidée de désespoir le 2 juillet, presque le jour où j'avais moi-même été interrogée par le juge. Cette femme avait choisi la mort parce que la police n'avait pas réussi à arrêter ses agresseurs. Tout cela me confortait dans ma résolution de continuer ma route, de marcher sur le chemin de la justice, de la vérité, en dépit des pressions policières, en dépit de la « tradition » qui veut que les femmes se taisent dans la souffrance, et que les hommes fassent ce qu'ils veulent.

Je ne pensais plus au suicide.

Une militante pakistanaise m'a expliqué :

— La moitié des femmes, dans notre pays, subissent des violences. Soit on les marie de force, soit on les viole, soit les hommes s'en servent comme objets d'échange. Peu importe ce qu'elles pensent car, pour eux, il ne faut surtout pas qu'elles réfléchissent. Ils refusent qu'elles apprennent à lire et à écrire, qu'elles sachent comment va le monde autour d'elles. C'est pour cela que les femmes illettrées ne peuvent pas se défendre : elles ignorent tout de leurs droits, et on leur dicte leurs propos pour tenter de briser leur révolte. Mais nous sommes avec toi, courage.

C'est exactement ce que l'on a essayé de faire avec moi. « Tu vas dire ce que je te dis de dire, parce que c'est bon pour toi... »

Un journaliste m'a appris que la presse avait révélé un autre fait accusant Faiz. La police aurait enregistré une autre plainte d'une mère de famille, concernant sa jeune fille, qu'il aurait kidnappée dans le courant de l'année, violée à plusieurs reprises, et qu'il aurait relâchée au moment où la presse locale parlait de mon cas.

Mes oreilles résonnent de tant de nouvelles, et mes yeux voient tant de visages...

Je n'ai les honneurs des médias qu'en raison de ma démarche judiciaire, et aussi à cause du fait que, pour la première fois dans la province, le chef d'une jirga a autorisé un viol collectif – du moins que cela a été révélé au grand jour. Et je suis en quelque sorte l'emblème d'une histoire qui concerne en réalité des milliers de femmes pakistanaises.

Ma tête tourne, j'ai l'impression de voir enfin clair autour de moi. Il y a, au-delà de mon village, au-delà de la province, jusqu'à Islamabad, tout un monde ignoré. Enfant, je n'étais jamais allée plus loin qu'un village où vivaient des cousins ou amis de la famille. Je me souviens d'un oncle qui venait parfois nous rendre visite. Il vivait à Karachi depuis son plus jeune âge. Nous l'écoutions, mes sœurs et moi, raconter la mer, les avions, les montagnes, et tous les gens qui venaient d'ailleurs. Je devais avoir sept ou huit ans, et je réalisais difficilement toutes ces choses étranges. Je savais qu'ici, dans mon village, c'était le Pakistan, et l'oncle disait que, vers l'ouest, il y avait d'autres pays, comme l'Europe. Moi, je n'avais entendu parler que des Anglais qui avaient occupé notre pays, mais je n'en avais jamais vu. Et j'ignorais qu'il y eût des « étrangers » vivant au Pakistan. Notre village est si éloigné des villes, au sud de la province, et je n'avais regardé la télévision que le jour où l'oncle de Karachi en avait apporté une... Ces images m'avaient fascinée. Je ne comprenais pas qui était derrière cette chose étrange qui parlait en même temps que moi, alors qu'il n'y avait personne d'autre dans la pièce.

Ces caméras qui me filment sont la télévision. Ces photographes sont les journaux.

On dit, dans le village, que je suis « entraînée » par les journalistes, qu'ils se servent de moi pour écrire des articles de plus en plus gênants pour le gouvernement du Pendjab. Que je devrais avoir honte de faire ce que je fais, au lieu de me suicider ou de m'enterrer vivante. Mais tous ces gens venus de partout m'apprennent énormément. Par exemple que, derrière le viol de mon frère et le mien ensuite, il y aurait en réalité une manœuvre des Mastoi pour nous expulser du territoire. Les Gujjar les gênent. Ils ne veulent pas que des paysans de notre caste achètent des champs qui leur appartiennent. J'ignore si c'est la vérité, mais certains membres de ma famille le croient aussi, car nous sommes plus pauvres qu'eux, minoritaires, sans soutien politique, et il est très difficile pour un Gujjar d'acquérir une terre.

Finalement, ces quatre jours d'agitation avec la presse me font cruellement prendre conscience de l'entrave que représente le fait de ne savoir ni lire ni écrire. Et de ne pas pouvoir me faire ma propre opinion sur les choses importantes. J'en souffre à présent. Plus que la pauvreté relative de ma famille, car nous mangeons à notre faim. Pour survivre, nous avons deux bœufs, une vache, huit chèvres et un champ de canne à sucre. C'est de ne rien savoir de ce qui est écrit qui me fait enrager. Le Coran est mon seul trésor. Il est inscrit en moi, dans ma mémoire, et c'est mon seul livre.

D'ailleurs, je ne vois plus venir les enfants auxquels j'apprenais à le réciter comme on me l'a enseigné, alors que j'étais respectée pour cela. Le village me tient à l'écart, à présent. Trop de bruits, trop de journalistes venus des villes, trop d'appareils photo et de caméras. Trop de scandale. Pour certains, je suis presque une héroïne, pour d'autres une pestiférée, une menteuse qui ose affronter les Mastoi. Pour lutter, je dois donc tout perdre. Ma réputation, mon honneur, tout ce qui faisait ma vie. Mais ce n'est pas important. Je veux la justice.

Le cinquième jour, le préfet du département me fait appeler. Deux représentants de la police sont venus me prévenir. On nous emmène, mon père, Shakkur, le mollah et moi, à Muzaffargarh. J'espérais que les « formalités » étaient terminées pour l'instant et que la justice allait faire son travail. Mais, en arrivant dans le bureau du préfet, j'aperçois les deux officiers du commissariat, ceux qui voulaient me faire dire « ce qu'il fallait dire ». Les pressions vont-elles recommencer ? J'ai une grimace de méfiance. Je m'énerve facilement dorénavant. J'ai fait confiance au mollah et à mon père en mettant mon pouce au bas de leur papier. Maintenant, je pense que c'était un piège.

Le préfet leur demande de se retirer pour me parler seul à seule.

— Ma fille, est-ce que vous avez un problème avec ces hommes ou quelque chose à leur reprocher ?

— Je n'ai pas de problème, sauf que l'un d'entre eux a exigé que je mette le pouce sur un papier vierge. Il avait préparé un papier pour mon frère, un pour le mollah et un pour mon père. Et on ne sait même pas ce qu'il y a sur ces feuilles.

— Ah bon ?

Il est étonné et me regarde avec attention.

— Tu sais le nom de celui qui a fait ça ?

— Je l'ignore. Mais je peux le reconnaître.

— Bien. Je vais les faire revenir, et tu vas le montrer du doigt.

Il fait appeler les deux hommes. Je ne savais pas qu'ils avaient le titre de sous-préfets de police du canton. Mais je désigne l'homme en question. Le préfet leur fait signe de ressortir, sans un mot, puis il s'adresse à moi.

— Je m'occupe de lui. Il semble qu'ils aient oublié le dossier qu'ils avaient préparé pour moi. En tout cas, ils ne sont pas très au courant de ce qu'il contient. Je leur ai demandé de le rechercher et de me l'apporter. Vous serez convoqués plus tard.

Trois ou quatre jours plus tard, la police locale vient nous prévenir, et l'on nous emmène le lendemain matin pour une autre audience.

Cette fois-ci, ce n'est pas le préfet qui nous attend à Muzaffargarh, mais le médecin de l'hôpital. Car, entre-temps, les Mastoi ont déposé une plainte. Ils ont emmené leur fille Salma pour qu'elle déclare à la police qu'elle avait été violée par mon frère. Le médecin doit examiner Salma et Shakkur. Et, en effet, elle arrive presque en même temps que nous dans un autre fourgon de police. Quant à moi, j'ignore encore ce que je fais là. En tant que femme, je sais qu'il est bien tard pour examiner Salma. Je l'ai été moi-même, le 30 juin, huit jours après les faits. J'aurais certainement dû aller voir la police plus tôt, mais à ce moment-là je n'en étais pas capable.

Les policiers ont emporté mes vêtements que ma mère avait fait laver. Malgré cela, j'ai su plus tard que le médecin avait constaté ce que je savais – des blessures intimes – et avait la certitude d'un viol, bien qu'il ne m'ait rien dit alors. J'ai été contente d'apprendre que son examen lui avait permis d'observer que je n'étais ni folle ni désorientée ! La souffrance intime de l'humiliation, par contre, personne ne peut la qualifier. D'autant plus que, par orgueil ou pudeur, je n'en parle pas.

Pour Salma, qui prétend avoir été violée le 22 juin, il est un peu tard. À moins qu'elle n'ait été vierge, et j'en doute. Le médecin fait donc venir mon frère pour un simple test. Il estime son âge entre douze et treize ans maximum, ce que mon père savait déjà lui aussi.

Quant à Salma, je n'étais pas présente lors des examens, bien entendu, mais j'ai su bien plus tard, par des indiscrétions au village, qu'elle a soudain changé de version lorsque le médecin-chef lui a expliqué qu'il était chargé de comparer le test de Shakkur avec les prélèvements qu'il devait effectuer sur elle.

— Shakkur ? Non, ce n'est pas lui qui m'a violée ! Lui, il me tenait par les bras, et c'est son grand frère et ses trois cousins qui m'ont violée !

Le médecin a écarquillé les yeux de surprise.

— Qu'est-ce que tu racontes ? Un garçon de douze ans aurait la force de te maintenir par les bras, à lui tout seul, pendant que les trois autres te violent ? Tu te moques de moi ?

L'équipe de médecins l'a quand même examinée. Ils ont évalué son âge à environ vingt-sept ans, ont précisé qu'elle n'était plus vierge depuis environ trois ans. Et qu'entre-temps, elle avait fait une fausse couche. Enfin, le dernier rapport sexuel était, de l'avis des médecins, plus ancien que le viol présumé du 22 juin.

Je ne sais pas précisément comment font les médecins pour le dire, mais j'en apprends tous les jours. Ce qu'ils ont fait pour mon frère s'appelle un test ADN. Shakkur n'a pas violé Salma. Il était seulement en même temps qu'elle dans le champ de canne à sucre, à un moment donné, et les Mastoi en ont profité. Tous les journaux disent qu'il était amoureux. Un regard suffit pour qu'on accuse d'être amoureux. Une fille doit baisser la tête. Mais Salma fait ce qu'elle veut. Elle ne craint pas qu'on porte les yeux sur elle, et provoque même les regards.

Jusque-là, mon existence d'enseignante des textes sacrés était bien éloignée de toutes ces indignités. Ma famille nous a élevées, mes sœurs et moi, dans le respect des traditions, et, comme toutes les petites filles, je savais dès l'âge de dix ans environ qu'il était interdit de parler aux garçons. Je n'ai jamais franchi la barrière de cet interdit. Je n'ai vu le visage de mon fiancé que le jour du mariage. Si j'avais pu décider, je ne l'aurais pas choisi, mais, par respect pour la famille, j'ai obéi. Salma, elle, est supposée être célibataire. Il y a une manigance de sa famille. Sa tribu accuse mon petit frère d'abord d'avoir volé des plants de canne à sucre, ensuite d'avoir eu des rapports sexuels avec elle, et raconte à présent qu'il ne l'aurait pas violée lui-même, mais qu'elle aurait été victime de mon frère aîné et de ses cousins… J'ai beau avoir du courage, les forces me quittent parfois devant tous ces mensonges. Comment faire pour obtenir une justice équitable alors que ces gens, mes voisins, brodent inlassablement cette histoire comme un châle qui changerait de couleur tous les jours ?

Je sais ce que j'ai subi, et ce que mon frère a subi.

Il a déclaré au juge que trois hommes de cette famille l'avaient capturé et sodomisé, qu'il avait crié et hurlé : « Je vais le dire à mon père, je vais le dire à la police ! », et qu'à ce moment les hommes ont menacé de le tuer s'il parlait. Puis ils l'ont entraîné de force chez eux, enfermé dans une pièce, battu, violé de nouveau, et ils ne l'ont remis à la police qu'après l'intervention de mon père, qui le cherchait depuis des heures.

Prouver un viol pour une femme, selon la loi de chez nous, est pratiquement impossible. Il faut quatre témoins oculaires des faits. Pour mon frère, comme pour moi, les seuls témoins oculaires sont nos agresseurs !

J'ignorais ce jour-là, à l'hôpital, pourquoi on m'avait emmenée avec mon frère. J'ai d'abord cru, dans la voiture de police, qu'en réalité ce n'était pas pour voir des médecins, mais pour me conduire seule chez le préfet. Finalement, je me suis retrouvée dans un bureau voisin, celui du président du conseil général. Et là, une dame m'attendait.

C'est une dame ministre, qui m'explique qu'elle est chargée, de la part du gouvernement, de me remettre un chèque de cinq cent mille roupies[1] ! Je suis de caractère méfiant, et les circonstances

1. L'équivalent de huit mille dollars.

m'obligent à l'être davantage encore. J'ai peur qu'il ne s'agisse d'un piège.

J'écoute un moment les paroles de consolation, je regarde cette main tendue, je prends le chèque sans même regarder les chiffres – j'ai entendu et c'est trop. Cinq cent mille roupies ! Je ne me suis même jamais représenté une somme pareille. On peut acheter beaucoup avec ça... Une voiture, ou un tracteur, je ne sais même pas quoi. Qui, dans ma famille, a jamais eu cinq cent mille roupies ? Ou reçu un chèque ?

Instinctivement, sans réfléchir plus longtemps, je froisse le papier et le laisse tomber par terre. Ce n'est pas du mépris pour cette dame ministre, mais pour ce chèque.

— Je n'ai pas besoin de cela !

On ne sait jamais : si cette dame me donne autant d'argent, elle vient peut-être de la part de quelqu'un pour enterrer l'affaire. Mais elle insiste, une première fois, puis une autre, et encore une troisième fois. Elle est bien habillée, elle a l'air d'une femme respectable et je ne vois pas dans ses yeux la couleur du mensonge. Alors je dis :

— Moi, je n'ai pas besoin de chèque, j'ai besoin d'une école !

Elle sourit.

— Une école ?

— Oui, une école pour les filles de mon village. Nous n'en avons pas. Si vraiment vous insistez, je vous le dis : je n'ai pas besoin de ce chèque, mais j'ai besoin d'une école pour les filles de notre village.

— D'accord, nous vous aiderons à construire une école, mais au moins acceptez ce chèque, pour commencer. Partagez avec votre père, je vous promets de faire une école en plus. En attendant, vous aurez besoin de payer un avocat. Cela coûte cher.

Je le sais. Un Pakistanais qui s'occupe d'une association de défense des femmes m'a dit qu'un bon avocat peut demander vingt-cinq mille roupies. Et qu'un procès peut durer longtemps, donc qu'il peut demander encore plus d'argent. C'est pour cela que les gens modestes, dans les villages, préfèrent s'adresser à la jirga. Le conseil écoute les parties, propose la solution selon le cas, et l'affaire se règle en une journée. Normalement, personne ne peut mentir devant la jirga, car tout le monde se connaît dans un village, et le chef du conseil rend la décision afin que personne ne reste ennemi à jamais.

Pour mon malheur, celui qui a pris la décision, ce jour-là, contre l'avis du mollah, se nomme Faiz. Et il a divisé le village au lieu de le réconcilier.

Alors, j'ai accepté ce chèque. Puis cette femme m'a posé quelques questions, très gentiment, et j'ai eu le courage de lui dire, à elle, parce que c'était une femme et que son visage me semblait sincère et honnête, que ma vie était en danger. On ne me tenait pas au courant de ce qui se passait pour mes agresseurs, mais j'avais appris qu'ils avaient été retenus quelques jours au commissariat, et qu'on les avait relâchés. Tous les hommes de la famille étaient de retour, tout près de nous et n'attendant qu'une chose : nous détruire.

— Ce sont des voisins, ils habitent en face de notre maison. Il n'y a qu'un champ entre nous. Je n'ose plus sortir sur le chemin. Je sens qu'ils me guettent.

Elle n'a rien promis, mais j'ai vu qu'elle comprenait la situation. Tout est allé très vite. Plus vite que je ne pouvais même le comprendre sur le moment. Les journaux avaient tellement parlé de mon histoire, en quatre jours, que le pays tout entier était au courant. Jusqu'au gouvernement à Islamabad. La dame ministre était secrétaire d'État aux Affaires féminines du Pakistan. Cette madame Attiya, qui venait de me remettre ce chèque avec la promesse de m'aider à construire une école au village, était envoyée par le président lui-même. Ma photo était partout, et mon histoire dans tous les journaux du pays, ainsi qu'à l'étranger. Amnesty International en avait eu connaissance.

Le 4 juillet 2002, une manifestation d'associations défendant les droits de l'homme réclama justice. La justice critiquait la police locale pour avoir enregistré ma plainte trop tard, pour m'avoir fait signer un rapport en blanc. Je ne m'étais présentée que le 28 juin, ils avaient noté le 30 sur leur rapport, qu'ils s'étaient empressés d'enterrer. Le magistrat que j'avais rencontré avait fait des déclarations aux journalistes dans ce sens, en expliquant qu'il était impossible que l'affaire ne soit pas parvenue aux oreilles de la police avant que je me décide à porter plainte, et que la décision de la jirga était une ignominie. Même le ministre de la Justice avait déclaré à la télévision britannique que la décision de la jirga, menée par la tribu Mastoi, devait être considérée comme un acte de terrorisme, qu'il s'agissait d'une assemblée tribale illégale et que les coupables devaient être traduits devant une cour antiterroriste. Il s'agissait d'un abus de pouvoir.

Ainsi, le gouvernement du Pakistan estimait que le cas de Mukhtar Bibi était devenu une affaire d'État. Huit hommes de la tribu étaient déjà en état d'arrestation, depuis le 2 juillet, et la police sommée de s'expliquer. On recherchait activement les quatre coupables, en fuite, mais en passe d'être incarcérés. On envoya un détachement de policiers sur place pour assurer ma protection et celle de ma famille. Finalement, la police avait arrêté quatorze hommes de la tribu. Le tribunal avait eu soixante-douze heures pour statuer sur le sort des présumés coupables.

C'était très étrange. Le monde entier connaissait mon visage, parlait de la tragédie de ma famille. J'avais du mal à réaliser toutes ces choses, car tout allait trop vite. Je suis rentrée chez nous avec ce chèque. Madame la ministre m'avait dit que mon père pouvait aller à la banque, à la ville de Jatoï, où le directeur était prévenu qu'il devait ouvrir un compte à son nom et au mien. Je n'avais jamais eu de compte dans une banque. Mon père non plus. Nous y sommes allés très vite pour mettre cet argent à l'abri. Ils ont demandé uniquement deux signatures et donné un chéquier à mon père.

Le même soir, en rentrant chez nous, nous avons vu quinze policiers en armes autour de la maison. Et le gouverneur était venu avec au moins cinquante personnes, pour nous encourager et me dire que les coupables allaient être punis. Il a déclaré également qu'il me considérait comme sa fille, et que je devais tenir bon jusqu'au bout, qu'on me protégerait.

Au bout d'une demi-heure, il est parti avec toute sa suite.

Les pauvres policiers allaient être obligés de dormir sous les arbres. Comme il y avait autant de personnes, il fallait aussi leur donner quelque chose à boire et à manger. Les deux cent cinquante mille roupies que mon père et moi avons touchées n'ont pas tenu longtemps, car la petite armée de policiers est restée une année en poste devant la maison. Seuls les salaires étaient à la charge du gouvernement.

Et comme il y a toujours, dans un drame, quelque chose pour faire rire, j'ai vu arriver ce jour-là, avec beaucoup de membres de ma famille, un oncle maternel que je n'avais pas vu depuis très longtemps. Depuis mon divorce en tout cas, sept ans auparavant. Il avait un fils de mon âge, déjà marié avec des enfants. Jamais il n'était venu faire une demande en mariage. En me voyant avec le gouverneur et avec le chèque, il l'a formulée sous forme de proverbe :

— Une branche cassée ne doit pas être rejetée, il faut la garder dans la famille. Si elle est d'accord, moi je la prends pour mon fils en tant que deuxième femme !

Je l'ai remercié, sans commentaire, mais c'était non. Qui voulait-il pour son fils ? Le chèque du gouvernement, ou moi ?

Moi, je voulais une école.

BRISER LE SILENCE

La loi pakistanaise autorise l'incarcération de tous les hommes qui sont mêlés au crime de viol, soit qu'ils y aient participé eux-mêmes, soit qu'ils en soient témoins. Ils sont jugés sous le régime de la loi islamique. Mais devant un tribunal anti-terroriste, ce qui est totalement inhabituel pour ce genre de cas. Le gouvernement a institué une cour spéciale au niveau de cinq cantons. Dans mon cas, c'est une décision favorable : je n'aurais pas à prouver le viol avec quatre témoins oculaires. Il est déjà établi par les examens, et une partie des hommes du village m'a vue entrer et ressortir de l'étable, rejetée dans la rue devant tout le monde.

Ma sécurité est assurée. D'une certaine façon, j'en suis prisonnière, car mes déplacements, même les plus anodins, ne se font que sous contrôle de la police.

La cour a demandé que l'ensemble du dossier lui soit communiqué. Il fallait une décision rapide pour calmer les esprits, les médias et la presse internationale, qui ne se privait pas de critiquer, dans une démocratie, l'absence de droits légitimes pour les femmes, du fait de l'utilisation traditionnelle du système tribal. Les associations de défense des femmes, les ONG travaillant au Pakistan, les groupes de défense des droits de l'homme profitaient de mon cas, exemplaire, pour rappeler, grâce aux journaux, des histoires d'habitude à peine connues de la population. Tout mon pays était avec moi.

« Une mère de famille demandant le divorce de sa propre initiative, car elle subissait des violences de la part de son mari, a été assassinée dans le cabinet de son avocat à Lahore. Lui-même a été menacé, et l'assassin court toujours. »

« Trois frères, dans un village près de Sukkur, ont brûlé vive leur belle-sœur, sous prétexte d'infidélité. Sauvée par son père, elle est morte à l'hôpital. »

Et la liste est longue. Qu'il s'agisse de divorce, d'infidélité supposée ou de règlement de comptes entre hommes, la femme paie le prix fort. On la donne en compensation d'une offense, elle est violée par un ennemi de son mari, en manière de représailles. Il suffit parfois que deux hommes entament une dispute sur un problème quelconque, pour que l'un se venge sur la femme de l'autre. Dans les villages, il est courant que les hommes se rendent eux-mêmes justice, invoquant le dicton « œil pour œil ». Il est toujours question d'honneur, et tout leur est permis. Trancher le nez d'une épouse, brûler une sœur, violer la femme du voisin.

Et même si la police les arrête avant qu'ils aient réussi à tuer, leur instinct de vengeance ne s'arrête pas là. Il y a toujours des membres de la famille, masculins, prêts à prendre le relais de l'honneur d'un frère ou d'un cousin. Je sais, par exemple, que l'un des frères de Faiz, plus excité et plus fou que les autres, n'aurait pas supporté l'idée que l'on me pardonne. Et personne ne pouvait l'en empêcher. Au contraire. Plus la violence est extrême, plus ils se sentent obligés d'y participer.

Je ne leur accorde pas mon pardon, loin de là, mais je tente d'expliquer aux étrangers, qui me harcèlent de questions, comment fonctionne la société du Pendjab, une province où le crime d'honneur est malheureusement courant. Je suis née dans ce pays, soumise à ses lois, et je n'ignore pas que, comme toutes les autres femmes, j'appartiens aux hommes de ma famille – comme un objet dont ils ont le droit de faire ce qu'ils veulent. La soumission est de rigueur.

La cour spéciale se tient à Dera Ghazi Khan, le centre administratif, à l'ouest de l'Indus, et à plus de trois heures de voiture du village. C'est donc un tribunal antiterroriste qui va juger mes agresseurs. La police a trouvé des armes chez eux – probablement pas toutes celles dont ils disposent car, avant d'être arrêtés, ils ont fui et ont eu tout le temps de cacher ce qu'ils voulaient, où ils voulaient. J'ignore si la présence des armes justifie seule ce tribunal antiterroriste, car dans la province beaucoup d'hommes sont armés. Le seul avantage, pour moi, est la rapidité du jugement qui doit intervenir dans ce cas. Devant un tribunal classique, l'affaire pourrait durer des mois ou des années.

Il faut se présenter tous les jours, et il est difficile pour moi de faire des allers-retours entre Dera Ghazi Khan et Meerwala. J'ai donc demandé à être logée sur place, et on m'a trouvé un abri dans les environs. Je suis peu habituée à la ville, à toute cette poussière, à ce bruit dans les rues, les charrettes, les rickshaws, les camions, les motocyclettes hurlantes. Je vais vivre ici durant trois semaines.

La première audience s'est ouverte un vendredi de juillet, un mois après le drame. Cette rapidité était exceptionnelle. Les accusés sont entrés menottés dans la salle du tribunal. Quatorze hommes, dont Ramzan. Neuf pour le délit d'avoir immobilisé mon père sous la menace d'armes, Faiz et les quatre autres pour viol. Jusqu'à maintenant, aucun homme, même criminel, n'a été puni pour une vengeance ou un crime d'honneur. Ils n'y croient pas, persuadés qu'ils ressortiront libres du tribunal. Faiz et les autres ne parlent pas, c'est leur avocat qui le fait pour eux. Je les trouve moins orgueilleux que d'habitude, et je n'ai pas peur de les affronter. Les loups d'hier sont devenus des agneaux, mais en apparence. Je sais ce que j'ai vécu. Ils ne se vantent plus comme après leur méfait, ils ne le revendiquent plus comme le prix de leur « honneur » familial.

J'ai prié avant de venir, comme d'habitude, au lever du soleil. Je crois en la justice de Dieu, peut-être même avant celle des hommes. Et je suis fataliste.

Quatorze hommes de la tribu Mastoi contre une seule femme de caste inférieure... personne n'a encore vu cela. Mais ils ont une flopée d'avocats, neuf en tout. J'en ai trois, dont un très jeune et une femme. L'adversaire principal, un avocat de la défense, est un beau parleur, il monopolise les audiences et ne cesse de me traiter de menteuse, disant que j'ai tout inventé.

Après tout, je suis une femme divorcée, ce qui me place au dernier rang des femmes respectables, d'après eux. Je me demande même si ce n'est pas la raison qui a conduit au choix de Mukhtar Bibi pour leur demander ce semblant de « pardon ». Je n'en saurai jamais rien.

Ils prétendent avoir proposé l'échange des femmes, Salma pour Shakkur, et Mukhtar pour un homme de leur clan. D'après eux, mon père, mon oncle et le négociateur, Ramzan, auraient refusé ! Bien au contraire, ledit Ramzan aurait proposé de me livrer à eux afin qu'ils commettent sur moi le viol qui renverrait les deux parties dos à dos. Ce que mon père a rejeté. Ce Ramzan me semble de plus en plus suspect. Le rôle qu'il a joué dans l'affaire n'est pas clair. En tout cas, selon eux, j'aurais menti du début à la fin. Il ne s'est rien passé, personne n'a pratiqué de *Zina-bil-jabar*[1] sur la fille aînée de Ghulam Farid Jat, mon père.

La défense cherche à m'obliger à prouver l'offense, ce que, selon la loi islamique, je dois faire. Il y a deux manières d'obtenir cette preuve. Soit

1. Relation sexuelle sans consentement (lois Hudûd).

l'aveu complet du ou des coupables devant une cour compétente – ce qui n'arrive jamais… –, soit la présentation de quatre témoins adultes, musulmans, réputés pour leur observance de la religion, et que la cour estimera honorables.

Mais si je me trouve dans un tribunal d'exception, c'est que le destin a choisi de me montrer la route de la justice. Si ce jugement est équitable, il sera ma vengeance. Et je ne crains plus, face à ces hommes enchaînés, aux regards fuyants, de témoigner, froidement, sans détails superflus – la déposition que j'ai faite au juge d'instruction est déjà dans le dossier. Je me suis présentée pour implorer leur pardon, j'ai entendu la voix d'un homme disant : « Il faut lui pardonner », pourtant aussitôt un autre homme s'est avancé et a ordonné le viol. Personne n'a bougé pour me secourir. Ils étaient quatre, ils m'ont violée l'un après l'autre, et jetée dehors dans une tenue offensante, sous le regard de mon père.

J'ai fini de parler. Sans trembler en apparence, mais l'estomac et le cœur noués de honte.

Les audiences se tiennent portes fermées. Les journalistes attendent dans la cour. Seuls sont présents accusés, témoins et avocats. De temps en temps, le juge intervient, quand les débats s'enfoncent dans les disputes d'avocats.

À la dernière audience, le président était prêt à rendre son verdict dès le lendemain. Or je n'étais pas présente lorsqu'il a interrogé le préfet, le sous-préfet – celui qui m'avait fait signer ma déposition sur une feuille vierge –, et ses hommes. D'après eux, mon témoignage de l'époque était différent de celui d'aujourd'hui.

— Je vous ai convoqués parce que vous étiez tous là quand Mukhtar s'est exprimée, et que vous êtes tous responsables de ce qui est inscrit sur ces papiers.

Le préfet a répondu :

— Monsieur le président, permettez-moi de vous dire que ce sont les autres qui ont inventé ça. Mukhtar m'en a parlé auparavant, quand elle était dans mon bureau, et le policier que j'avais convoqué m'a dit : « Rien n'est grave, ce doit être dans le dossier, je vais vérifier », mais il ne m'a jamais apporté ce dossier.

Le juge s'est mis en colère.

— Voilà qui me donne envie de vous mettre en prison !

Cependant il l'a laissé partir, et a annoncé que les délibérés seraient retardés.

Le 31 août 2002, la cour prononce son verdict au cours d'une séance spéciale en pleine nuit. Six hommes sont condamnés à mort et à cinquante mille roupies de dommages et intérêts. Quatre d'entre eux pour le viol de Mukhtar Bibi, les deux autres pour avoir participé, au cours de la réunion de la jirga, à l'incitation au viol – c'est-à-dire Faiz, le chef de clan, et le nommé Ramzan, tous deux en leur qualité de jurés de jirga. Ce dernier prétendait jouer le négociateur en faveur de ma famille ; en réalité c'était un hypocrite et un traître. Il faisait tout pour que les Mastoi obtiennent ce qu'ils voulaient, alors que mon père lui faisait confiance.

Les huit autres prévenus sont relâchés.

Aux journalistes qui attendent dehors, je me déclare sobrement satisfaite du verdict, mais mes avocats et le procureur de l'État font appel de la décision de libérer les huit acquittés de la tribu Mastoi. De leur côté, les six condamnés font appel de la sentence de peine de mort. Ce n'est donc pas fini, même si j'ai la victoire. Pourtant les militants se réjouissent. Le symbole du combat de Mukhtar Bibi est une référence pour eux.

Je peux retourner dans mon village la tête haute, sous le châle discret qui convient.

Il me reste une école à construire, et ce n'est pas facile. Bizarrement, mes forces m'abandonnent parfois. Je maigris, mon visage se creuse d'épuisement. Ce drame, survenu dans mon existence paisible, comme cette victoire tonitruante relayée par la presse me dépriment. Je suis lasse de parler, d'affronter les hommes et les lois. On me dit héroïque, alors que je suis fatiguée. J'étais gaie, rieuse, je ne le suis plus ; j'adorais plaisanter avec mes sœurs, j'aimais mon travail, la broderie, l'enseignement aux enfants, aujourd'hui je suis abattue. Avec cette barrière de policiers devant ma porte, je suis en quelque sorte prisonnière de mon histoire, même si j'ai triomphé de mes bourreaux.

Les avocats, les militants me rassurent : l'appel prendra beaucoup de temps – un an ou même deux –, et en attendant je suis en sécurité. Même ceux qui ont été relâchés n'oseront pas bouger un sourcil contre moi. C'est vrai. Grâce à mon courage, dit-on, j'ai mis en lumière la condition des femmes de mon pays, et d'autres femmes suivront mon chemin. Combien ?

Combien seront soutenues par leur famille comme je l'ai été ? Combien auront la chance qu'un journaliste rapporte les faits, que les associations des droits de l'homme se mobilisent au point que le gouvernement lui-même intervienne ? Il y a tant de femmes illettrées dans les villages de la vallée de l'Indus. Tant de femmes que leurs maris et leurs familles rejetteront et laisseront sans défense, privées d'honneur et de revenus. C'est si simple.

Mon ambition de fonder une école de filles dans le village est profonde. L'idée a surgi presque divinement dans ma tête. Je cherchais le moyen d'éduquer les filles, de leur donner le courage d'apprendre. Les mères, dans les villages, ne font rien pour les aider, parce qu'elles ne le peuvent pas. Une fille doit aider à la maison, le père n'envisage pas de l'envoyer faire des études. Par principe. Et dans ma province reculée, qu'apprend-on de sa mère ? À faire les chapatis, à cuire le riz ou le *dal*, à laver le linge, et à l'accrocher au tronc des palmiers pour le faire sécher, à couper l'herbe, le blé, la canne à sucre, à préparer le thé, à endormir les plus petits, à aller chercher l'eau à la pompe. Une mère a fait cela avant nous, et sa mère avant elle. Puis il est temps d'être mariée, de faire des enfants, et les choses continuent ainsi de femme en femme.

Mais dans les villes, et même dans d'autres provinces, des femmes font des études, deviennent avocates, professeurs, médecins, journalistes – je les ai rencontrées. Elles ne m'ont pas paru indignes. Elles respectent leurs parents, leur mari, mais elles ont droit à la parole, parce qu'elles savent. Pour moi, c'est simple, il faut donner le savoir aux filles, et le leur donner le plus tôt possible, avant que la mère les ait éduquées comme elle l'a été elle-même.

Je n'oublierai jamais la réflexion de ce policier, intervenant auprès du préfet alors que je devais faire ma déposition :

— Laissez-moi vous expliquer, elle ne sait pas parler…

J'ai réagi. Parce que j'ai du caractère ? Parce que j'étais humiliée ? Parce que je suis soudain libre de mes paroles ? Pour toutes ces raisons à la fois. Mais je ferai apprendre à lire aux filles, et j'apprendrai moi-même. Plus jamais je ne signerai une feuille blanche de l'empreinte de mon pouce.

J'avais eu envie, à un moment, de faire un petit hôpital en souvenir des souffrances de ma sœur, morte d'un cancer faute de véritables soins. Mais une telle entreprise coûtait plus cher qu'une école – engager un médecin, une infirmière, récolter des médicaments à distribuer gratuitement, un vrai casse-tête. Lorsque je me suis trouvée devant la représentante du gouvernement, j'ai dit « école » instinctivement, alors qu'avant cet événement je n'avais jamais pensé à ça. Parce que, dans ce drame, je me sentais menottée, impuissante face aux événements. Si j'avais su ce que le policier écrivait, les choses se seraient passées différemment. Il aurait essayé de me manipuler autrement, mais pas à ce point.

Dans certaines régions, la police de base et les hauts fonctionnaires sont prisonniers du système tribal, contrôlé par les grands fermiers. Finalement, ce sont eux qui commandent. Je peux me considérer comme une survivante de ce système, grâce à ma famille, aux médias, à un juge clairvoyant, et à l'intervention du gouvernement. Mon seul courage a été de parler. Alors que l'on m'avait appris le silence.

Une femme, ici, n'a pas de terre sous ses pieds. Quand elle vit chez ses parents, elle participe à tout ce que les parents veulent. Une fois partie chez son mari, elle fait tout ce qu'il lui ordonne de faire. Lorsque les enfants sont grands, ce sont les fils qui prennent le relais, elle leur appartient de la même façon. Mon honneur est de m'être libérée de cette soumission. Libérée d'un mari, et, comme je n'ai pas d'enfants, il me reste à relever l'honneur de m'occuper de ceux des autres.

Ma première école – avec l'aide du gouvernement, selon sa promesse – fonctionne dès la fin de l'année 2002. L'État a participé largement – élargissement de la route, adduction d'électricité, construction de caniveaux –, et j'ai moi-même fait installer une ligne de téléphone. J'ai consacré ce qui me restait des cinq cent mille roupies à l'achat de deux terrains, d'un hectare et demi chacun, près de ma maison. J'ai même vendu mes bijoux pour commencer à faire tourner l'école des filles. Au début, elles suivaient les cours assises par terre sous les arbres.

C'était mon « école sous les arbres », en attendant de pouvoir construire un bâtiment convenable. C'est à ce moment que les petites élèves m'ont surnommée Mukhtar Mai, « grande sœur respectée ». Et tous les matins, je les voyais arriver, avec leurs cahiers et leurs crayons, l'institutrice faisait l'appel, et cette réussite, même encore incomplète alors, me remplissait de bonheur. Qui aurait dit que Mukhtaran Bibi, fille de paysans, illettrée, serait un jour une directrice d'école ?

Le gouvernement a payé le salaire d'un professeur pour la section des garçons. Les autres subventions sont arrivées plus tard, par exemple celle venue de Finlande : quinze mille roupies pour assurer le salaire d'un professeur pendant trois ans.

À la fin de l'année 2002, mon honneur avait été bafoué, mais j'ai reçu un prix que j'ai encadré sur ma table de directrice d'école.

Journée universelle des Droits de l'homme,
Première Cérémonie nationale des Droits
de la femme.
Prix décerné à Mrs Mukhtaran Bibi,
Le 10 décembre 2002, par le Comité international
des Droits de l'homme.

J'existais réellement dans le monde, au nom des femmes pakistanaises.

En 2005, après deux années, l'école était en pleine activité. Les salaires des instituteurs avaient été payés pendant un an, et j'envisageais de construire une étable, d'acheter des bœufs et des chèvres, pour apporter un revenu autonome à l'école.

Si la tâche me paraissait bien lourde certains jours, une aide morale précieuse m'a été donnée : j'ai été invitée par une organisation féminine – Women's Club 25 – en Espagne, pour assister à la Conférence internationale des femmes, sous la présidence de la reine Rania de Jordanie. J'ai pris l'avion pour la première fois, accompagnée de mon frère aîné. Nous n'étions rassurés ni l'un ni l'autre, surtout à cause de tous ces gens parlant des langues inconnues. Heureusement, on nous a accueillis chaleureusement dès l'escale de Dubaï, et guidés durant le reste du voyage.

Beaucoup de conférencières ont participé à cette réunion sur la violence envers les femmes. Tout ce que j'ai entendu, venant de tant de pays à travers le monde, m'a fait comprendre que la tâche était difficile. Pour une femme qui refuse la violence et survit, combien meurent, combien sont enterrées sous le sable, sans tombe, sans respect. Ma petite école semblait bien menue dans ce flot de malheurs. Minuscule pierre plantée quelque part dans le monde, pour tenter de changer l'esprit des hommes. Donner à une poignée de fillettes l'alphabet qui, de génération en génération, ferait lentement son travail. Enseigner à quelques gamins le respect dû à leur compagne, leur sœur, leur voisine. C'était si peu encore.

Mais j'étais en Europe, la terre dont parlait mon oncle lorsque j'étais enfant, quelque part à l'ouest de mon village, et ces étrangers connaissaient mon histoire ! J'allais d'étonnement en étonnement, un peu timide, n'osant montrer la fierté que je ressentais alors d'être tout simplement là, une femme parmi d'autres femmes de ce monde si grand.

Rentrée chez moi, j'ai eu encore plus de courage dans mon projet d'agrandir l'école. Ma vie avait un sens dès que j'entendais réciter les versets du Coran, ainsi que les tables de calcul et l'alphabet anglais, sous les arbres de Meerwala. Bientôt, il y aurait aussi des cours d'histoire et de géographie. Mes filles, mes petites sœurs, auraient l'équivalent de ce qu'apprenaient les garçons.

Pourtant, cette existence était extérieure à moi-même, je n'avais personne en réalité à qui me confier. J'étais devenue méfiante, incapable de retrouver ma vie d'avant – la sérénité et le calme, les rires, le tranquille parcours des jours et des nuits.

Certes, l'électricité éclairait le seuil de la maison, et maintenant le téléphone sonnait. Il ne cessait de sonner d'ailleurs, car j'étais toujours sollicitée par les ONG ou les médias. Et je me devais de répondre, j'avais toujours besoin d'aide pour mener à bien ce projet d'école et lui donner un toit solide. Je n'avais pas suffisamment de moyens, en 2003, un an après ce drame.

Un jour, j'entends une voix féminine au téléphone :

— Allô ? Bonjour, je te salue, Mukhtar, je suis Naseem, du village voisin de Peerwala. Mon père est policier et il est en faction devant ta maison. Je voudrais de ses nouvelles…

Peerwala est à vingt kilomètres de chez moi. Le père de Naseem a été affecté à ma protection, et son oncle travaille sur le canal à cinq kilomètres de chez nous. Elle m'explique que nous sommes en quelque sorte des parentes, car sa tante et la mienne appartiennent à la même famille, et vivent toutes les deux à Peerwala. Naseem rentre d'Alipur où elle a commencé ses études – la ville où j'ai rencontré pour la première fois un juge compréhensif. Maintenant, elle fait des études de droit à Multan.

Je n'avais jamais vu Naseem, et elle me connaissait seulement pour avoir lu des articles sur moi dans la presse. J'ai envoyé chercher son père pour qu'il puisse lui parler, et entre-temps nous avons un peu discuté, mais sans plus. Puis elle a rappelé une deuxième fois, alors que j'étais partie à La Mecque – j'ai eu le bonheur de pouvoir y faire un pèlerinage –, puis une troisième fois pour m'inviter à venir chez elle. Je recevais tellement de monde, à ce moment-là, que je lui ai demandé de venir elle-même. Je ne savais pas que Naseem allait devenir non seulement une amie, mais une aide précieuse. Elle avait lu beaucoup de choses dans les journaux, et mon histoire l'intéressait d'un point de vue juridique. À l'époque, en mai 2003, mon cas était toujours en instance d'appel devant la Haute Cour. Mais si son père n'avait pas appartenu à la police assurant ma protection, nous ne nous serions jamais rencontrées. Naseem n'était pas du genre à s'imposer, comme certaines personnes attirées par ma « notoriété ».

Dès notre première entrevue, Naseem m'est apparue comme une femme étonnante. Tout le contraire de moi – active, vivante, ne redoutant ni les mots ni les gens, l'esprit clair, et la parole facile. Une des premières choses qu'elle m'ait dites m'a frappée :

— Tu as peur de tout et de tout le monde... Si tu continues à vivre comme ça, tu ne tiendras pas le coup. Il faut réagir.

C'était facile pour elle de comprendre que je tenais debout effectivement par une sorte de miracle. En réalité, j'étais épuisée. Il me fallait beaucoup de temps pour comprendre certaines choses – ce qui se disait de moi, ce qui allait se passer lorsque le tribunal examinerait l'appel des Mastoi. Je craignais toujours leur pouvoir, leurs relations. La police me protégeait, le gouvernement également, mais Islamabad est très loin de Meerwala... Rien n'était encore certain. Huit hommes du clan Mastoi, en liberté, pouvaient toujours me faire du mal. Il m'arrivait parfois de scruter la nuit au soleil couchant, de sursauter à l'aboiement d'un chien, ou à l'apparition d'une silhouette masculine. Un ennemi possible, quelqu'un qui aurait pris la place d'un policier, par exemple. Chaque fois que je devais sortir de la maison, j'étais encadrée par des hommes en armes. Je m'engouffrais dans un taxi, dont je ne sortais pas avant d'être loin de Meerwala. Heureusement, je n'avais pas à traverser le village, la ferme familiale est située à l'entrée, la première maison avant le chemin qui mène à la mosquée. Mais, dans mon village, les foyers de la caste des Mastoi représentent la majorité de la population. Et régulièrement, dans la presse locale, apparaissaient de mauvaises insinuations. J'étais « une femme d'argent ». J'avais un compte en banque ! Une divorcée qui ferait mieux de retourner vivre avec son mari. Mon ex-mari lui-même répandait des mensonges sur ma vie, prétendant que j'étais une « fumeuse de haschisch » !

Naseem soutenait que j'étais devenue paranoïaque. Maigre, anxieuse, j'avais besoin de parler avec quelqu'un de confiance. C'est ce qui s'est passé avec elle. J'ai enfin réussi à véritablement parler du viol, de la brutalité, de cette vengeance barbare qui détruit le corps d'une femme. Elle savait m'écouter, le temps qu'il fallait, quand il le fallait. Dans les pays modernes, il existe des médecins spécialisés capables d'aider une femme à se reconstruire lorsqu'elle est tombée plus bas que terre. Naseem me disait :

— Tu es comme un bébé qui commence à marcher. C'est une nouvelle vie, il faut que tu repartes de zéro. Je ne suis pas psychiatre, mais racontemoi ta vie d'avant, ton enfance, ton mariage, et même ce que tu as subi. Il faut parler, Mukhtar, c'est en parlant qu'on fait sortir le bien et le mal. On se libère. C'est comme laver un vêtement souillé : une fois qu'il est bien propre, on peut le remettre sans crainte sur son corps.

Naseem est l'aînée de sa famille, et a décidé d'abandonner le droit pour une maîtrise de journaliste, en étudiante libre. Ses quatre frères et sœurs font également des études. J'ai moi aussi quatre frères et quatre sœurs. Pourtant, alors que nos villages ne sont distants que d'une vingtaine de kilomètres, nos deux vies sont complètement différentes. Elle a pu décider elle-même de son avenir. Naseem est une militante, elle porte haut la voix et, lorsqu'elle a quelque chose à dire, elle ne craint personne. Mêmes les femmes policières, devant la maison, la regardaient avec étonnement.

— Tu dis toujours ce que tu penses ?

— Toujours !

Elle me fait rire depuis ce temps-là ! Et aussi réfléchir à ce que je vis intérieurement sans jamais l'exprimer. Mon éducation m'en empêche, la longue soumission me bloque. Mais Naseem a des arguments.

— Les hommes et les femmes sont égaux. Nous avons les mêmes devoirs. Je suis consciente que l'islam a donné une supériorité aux hommes, mais chez nous les hommes en profitent pour nous dominer totalement. Tu dois obéir à ton père, à ton frère, à ton oncle, à ton mari, et finalement à tous les hommes de ton village, de la province et du pays tout entier !

« J'ai lu ton histoire dans les journaux, beaucoup de gens parlent de toi. Mais toi ? Est-ce que tu parles de toi ? Tu dis ton malheur avec dignité, et tu te refermes comme une boîte. Ce malheur est celui de la moitié des femmes de chez nous. Elles ne sont que malheur et soumission, et n'osent jamais exprimer leurs sentiments ou élever la voix. Si l'une ose dire “non”, elle risque sa vie et, dans le meilleur des cas, des coups. Je vais te donner un exemple. Une femme veut regarder un film, son mari l'en empêche, pourquoi ? Parce qu'il veut la garder dans l'ignorance. C'est alors plus facile pour lui de raconter n'importe quoi, d'interdire n'importe quoi. Un homme dit à sa femme : “Tu dois m'obéir, et c'est tout !” Et elle ne répond rien, mais moi je réponds à sa place.

« C'est écrit où ? Et si le mari est un crétin ? Si le mari la bat ? Elle vivra battue toute son existence avec un crétin ? Et lui, il continuera à se croire intelligent ?

« L'épouse ne sait pas lire. Le monde n'existe qu'à travers le mari. Comment pourrait-elle se révolter ? Je ne dis pas que tous les hommes sont pareils au Pakistan, mais il est trop difficile de leur faire confiance. Trop de femmes illettrées ne connaissent pas leurs droits. Tu as appris les tiens, malheureusement, parce que tu t'es retrouvée toute seule à payer pour une faute supposée de ton frère – donc que tu n'avais même pas commis toi-même ! Et parce que tu as eu le courage de résister. Alors il faut continuer de résister. Mais cette fois, c'est contre toi que tu dois lutter. Tu es trop silencieuse, trop renfermée, trop méfiante, tu souffres ! Il faut te débarrasser de cette prison dans laquelle tu t'enfermes. À moi, tu peux tout dire.

J'ai réussi à parler vraiment à Naseem, à tout lui raconter. Mon histoire, elle la connaissait, bien sûr, mais de la même façon que les journalistes, la police et le juge. Un fait divers un peu plus important que les autres, dans les journaux du pays.

Ce que je n'avais jamais dit, elle l'a entendu avec amitié et compassion.

La souffrance morale et physique, la honte, l'envie de mourir, ce désordre dans ma tête lorsque je suis revenue seule sur le chemin de la maison pour me jeter sur un lit tel un animal mourant. À elle j'ai pu dire ce qu'il m'était impossible de dire à ma mère ou à mes sœurs, car je n'avais appris, depuis ma plus petite enfance, que le silence.

Il m'arrive parfois, en regardant l'album de photos de ce temps-là, de ne pas me reconnaître. Maigre et décharnée, le regard anxieux, comme lorsque j'ai rencontré pour la première fois le responsable d'une ONG pakistanaise, la SPO[1], basée à Islamabad. Il était venu me voir jusqu'au village, et c'est grâce à lui que le Canada s'est intéressé à mon projet d'école. Sur cette photo, je suis rétrécie, repliée, j'ose à peine regarder le photographe.

Depuis que Naseem est devenue ma sœur de combat, j'ai repris confiance en moi, mes joues se sont arrondies parce que je mange, mon regard est tranquille parce que je dors.

Dire sa douleur, un secret que l'on croit honteux, libère l'esprit et le corps. Je ne le savais pas.

---

1. Strengthening Participatory Organization.

DESTIN

J'ai grandi sans savoir qui j'étais. Avec la même âme que les autres femmes de la maison. Invisible. Ce que j'apprenais, je le volais au hasard des paroles des autres. Une femme disait par exemple :

— Tu as vu ce qu'a fait telle fille ? Elle a déshonoré sa famille ! Elle a adressé la parole à ce garçon ! Elle n'a plus d'honneur.

Alors ma mère se tournait vers moi.

— Tu vois, ma fille, ce qui arrive chez ces gens ? Ça peut arriver chez nous aussi. Attention !

Enfant, il est déjà interdit de jouer avec les garçons, même toute petite. Un gamin surpris à jouer aux billes avec sa petite cousine est battu par sa mère.

Plus tard, les mères font des commentaires à voix haute, pour que les filles entendent. Souvent les critiques s'adressent à une belle-fille, par exemple.

— Tu n'écoutes pas ton mari ! Tu ne le sers pas assez vite !

Ainsi, les plus jeunes, qui ne sont pas encore mariées, apprennent ce qu'il faut faire et ne pas faire. Hors de la prière et de la récitation du

Coran, c'est la seule éducation que nous recevons. Et elle nous apprend la méfiance, l'obéissance, la soumission, la crainte, le respect total de l'homme. L'oubli de nous-mêmes.

Je n'étais pas méfiante, enfant. Ni renfermée. Ni silencieuse. Je riais beaucoup. Ma seule confidente était ma grand-mère paternelle, Nanny, celle qui m'a élevée et vit toujours avec nous. Il est normal, chez nous, de confier un enfant à une autre femme que sa mère.

Grand-mère est bien vieille à présent, et voit très mal. Elle ne connaît pas son âge, pas plus que mon père et ma mère. J'ai maintenant une carte d'identité, mais grand-mère dit que j'ai un an de plus que ce papier ! Ici, au village, ça n'a pas d'importance. L'âge, c'est la vie, les jours qui passent, le temps qu'il fait.

Un jour, à la moisson, quelqu'un de la famille dit :

— Tu as dix ans maintenant !

À six mois ou un an près, on ne sait plus. On peut confondre avec l'enfant précédent, ou le suivant. L'état civil n'existe pas dans les villages. Un enfant naît, il vit, grandit, c'est tout ce qui compte.

J'ai commencé à aider ma mère, ou ma tante, vers l'âge approximatif de six ans, pour tout ce qui se faisait à l'intérieur de la maison. Si mon père rapportait du maïs pour le bétail, je le coupais aussi. Parfois, j'allais l'aider à couper l'herbe dans les champs. Mon frère Hazoor Bakhsh s'occupait de la moisson, lorsque mon père travaillait à l'extérieur. Il avait une petite boutique où il sciait le bois.

Avec le temps, la famille s'est agrandie. Une sœur, Naseem. Une autre sœur, Jamal, qui nous a malheureusement quittés. Puis Rahmat et Fatima. Enfin, un second fils pour ma mère : Shakkur. Le dernier de la famille.

Parfois, j'entendais ma mère dire que si, pour le prochain enfant, Dieu lui donnait un fils, et plus rien ensuite, elle s'en contenterait. Une façon d'avouer qu'elle avait fait suffisamment d'enfants. Mais Tasmia est arrivée, la dernière fille après Shakkur.

La différence d'âge est importante entre mes deux frères, mais les filles sont plus proches. Je me souviens des jeux que nous inventions avec des poupées de chiffon, quand nous en avions le temps. C'était très sérieux. Nous les fabriquions nous-mêmes, et il y avait des poupées filles et des poupées garçons. Et le jeu consistait à discuter des mariages futurs entre poupées. Je prenais par exemple une poupée garçon, et ma sœur une poupée fille, et les négociations pouvaient commencer.

— Tu veux donner ta fille à mon fils ?

— Oui, d'accord, mais à condition que toi aussi tu donnes ton fils à ma fille.

— Non, je ne donne pas mon fils. Mon fils est déjà fiancé avec la fille de mon oncle.

Nous inventions des bagarres imaginaires autour des mariages arrangés par les parents, en nous servant de ce que nous entendions dire par les adultes. Il y avait des poupées représentant les « grands » – les parents, les frères aînés, même des grands-mères –, des petits enfants, toute une famille. Parfois, nous faisions jouer ainsi une vingtaine de poupées, avec tous les morceaux de tissu récupérés dans la maison. On reconnaissait la fille du garçon par ses vêtements. Le pantalon et la grande chemise blanche. Les filles avaient la tête couverte d'un châle, ou d'un semblant de foulard. On leur mettait des cheveux longs, avec des bouts de chiffon tressés. On dessinait le visage, avec un peu de maquillage, des petits bijoux sur le nez et des boucles d'oreilles. C'était le plus difficile à trouver, car nous ne pouvions fabriquer des semblants de bijoux qu'en utilisant des bouts de tissu brodés de petites perles, ou de choses brillantes, que les femmes adultes jetaient quand elles les estimaient trop usés.

On s'installait avec toute cette petite famille de chiffon, à l'ombre, loin des parents, car s'il y avait eu une petite scène de dispute à la maison, on adorait la faire jouer aux poupées, et il ne fallait surtout pas qu'on nous entende ! Pour protéger nos trésors de la poussière, on les installait sur des briques. Et la belle histoire compliquée des mariages pouvait recommencer.

— Toi, tu veux un fiancé pour ta nièce ? Il n'est pas encore sorti du ventre de sa mère !

— Si c'est un fils, tu me le donnes ; si c'est une fille, je te donne mon dernier fils.

— Mais ton fils devra vivre dans ma maison. Et il devra apporter un gramme d'or. Et des boucles d'oreilles !

J'ai ri comme je n'avais pas ri depuis longtemps en racontant à Naseem le mariage d'une cousine, lorsque j'avais environ sept ou huit ans. C'était le premier grand voyage que j'avais la chance de faire à cette époque. J'étais partie avec mon oncle, pour gagner un village à près de cinquante kilomètres de chez nous. Il n'y avait pas de route, seulement un sentier, et il faisait très mauvais temps ; il pleuvait sans arrêt. On voyageait, comme d'habitude, à bicyclette, trois vélos chargés de tous les membres de la famille. Moi j'étais assise sur le cadre de l'engin de mon oncle. Une autre personne était assise sur le guidon, et une sur le porte-bagages. Et la pluie continuait, mais nous étions heureux d'aller à la fête, de voir les cousins, de jouer avec eux.

Pourtant, dans l'aventure, une de mes tantes, bien habillée, et portant de très beaux bracelets de verre, est tombée du porte-bagages. Tous ses bracelets se sont brisés par terre, elle a été légèrement blessée. Sur le moment, tout le monde a paniqué car elle criait beaucoup. Elle avait mal, elle pleurait sur les morceaux de verre de toutes les couleurs… Il a fallu lui bander les bras et, là, les enfants se sont regardés et ont éclaté de rire, et tout le monde a fini par rire avec eux. Un vrai fou rire jusqu'au bout du voyage, qui a duré longtemps ! Pauvre tante, elle riait aussi, avec ses bracelets de bandage.

Plus tard, j'ai raconté également mon mariage à Naseem. Bien qu'éduquée, Naseem aussi doit respecter la tradition, et depuis longtemps on lui a désigné un mari. Mais il ne correspond pas à son idéal. Alors, sans vouloir se montrer irrespectueuse envers ses parents, elle essaie d'échapper à cette union. Sans heurt, sans discussion. Elle a vingt-sept ans, fait des études et, comme il ne se manifeste pas, elle espère... qu'il abandonnera de lui-même, qu'il se lassera ou rencontrera quelqu'un d'autre. En tout cas, elle dit qu'elle résistera le plus longtemps possible.

Pour l'instant, elle n'a pas rencontré l'homme idéal, et c'est l'un des gros interdits dans nos traditions. Une jeune fille n'a pas le droit de choisir elle-même. Certaines, qui en ont pris le risque, ont été menacées, humiliées, battues, et parfois même tuées, alors que les nouvelles lois en principe doivent respecter ce choix. Mais chaque caste a ses traditions, et la loi islamique ne l'autorise pas. Les couples qui se choisissent ont d'énormes difficultés à prouver l'existence légale de leur mariage. Ainsi, la femme peut être accusée de zina, un péché qui recouvre aussi bien l'adultère que les relations hors mariage ou le viol. Et, de ce fait, elle peut être condamnée à mort par lapidation, même si la lapidation est interdite. Nous sommes toujours prises entre deux systèmes juridiques différents. Le religieux et l'officiel, sans oublier, pour compliquer le tout, le système tribal, avec ses propres règles qui ne tiennent absolument pas compte de la loi officielle, ni parfois même de la loi religieuse.

Pour le divorce, c'est aussi compliqué. Seul le mari a le droit de l'accorder. Quand une femme entame une procédure de divorce devant un tribunal d'État, la famille du mari peut alors s'estimer « déshonorée » et envisager une « punition ». De plus, les procédures devant les tribunaux ne mènent pas toujours à des décisions judiciaires.

Dans mon cas, les choses se sont passées différemment, mais j'ai atteint le résultat que j'espérais. J'ai su qu'alors j'avais dix-huit ans.

Ma sœur Jamal est arrivée en riant pour me souffler à l'oreille :

— Ta belle-famille est là.

J'étais partagée entre un sentiment de joie et de pudeur. De joie parce que j'allais me marier, changer de vie, et de pudeur, car ma sœur riait, mes cousines plaisantaient, et je devais moi aussi plaisanter sur la grande nouvelle. Comme si cela ne m'intéressait pas.

— Ton prince charmant est là.

— Qu'il aille voir ailleurs !

De toute façon, tout se passe ailleurs... Entre hommes. Tous les cousins, les frères, les oncles sont réunis, y compris la famille du futur mari. Quelqu'un propose une date et la discussion commence, car il faut accorder ce jour avec les disponibilités de chacun. En fonction de la lune, des moissons, des cultures. Quelqu'un peut dire :

— Pas vendredi, un autre cousin se marie.

— Alors ce sera dimanche.

Et un autre va renchérir :

— Non, pas dimanche, c'est mon tour de prendre l'eau pour irriguer les plantes, je ne suis pas libre.

Finalement, ils retiennent une date et tout le monde se met d'accord. Les femmes n'ont pas le droit à la parole. Encore moins la fiancée.

Le soir, le chef de famille rentre à la maison, il annonce la nouvelle à sa femme, et c'est ainsi qu'une jeune fille entend qu'elle sera mariée tel jour. Je ne me souviens pas exactement du jour ni du mois. Tout ce que je sais, c'est que la date était fixée un mois avant le ramadan.

Quand j'ai appris de qui il s'agissait, j'ai fait un effort de mémoire. Je l'avais croisé par hasard, sur une route ou au cours d'une cérémonie. Je me rappelais qu'il boitait beaucoup, comme ceux qui ont été malades de la poliomyélite. Bien sûr, je n'ai pas fait de commentaire. Je me suis dit simplement : « Ah bon, c'est celui-là ! »

L'inquiétude m'envahissait quand même. Ce n'était pas mon père qui avait choisi ce mari, c'était mon oncle. Et je me demandais pourquoi il me mariait à cet homme-là. Pourquoi lui donner sa nièce ? Son visage était assez beau, mais je ne le connaissais pas, et il boitait !

Naseem m'a demandé s'il me plaisait malgré tout. Je n'avais pas l'habitude de répondre à ce genre de question, mais elle insistait en riant.

— Pas tellement. Si j'avais pu dire non, je l'aurais fait.

Je ne savais rien de lui, sauf que ses parents étaient déjà décédés. Et qu'il était venu à la maison avec son frère aîné. Une fois la date fixée, j'étais automatiquement fiancée. Et les recommandations tombaient de la bouche de toutes les femmes, rituellement et toujours les mêmes.

— Tu vas partir chez ton mari, essaie d'honorer le nom de tes parents, le nom de ta famille.

— Fais tout ce qu'il te demande. Respecte sa famille…

— Tu es son honneur et celui de sa famille, respecte-les…

Les mères ne nous informent en rien. Nous sommes supposées savoir ce qui se passe lors d'un mariage. À tel point que je n'avais pas d'angoisse à l'idée d'être soumise à mon mari, toutes les femmes le sont au Pakistan. Pour le reste, c'était un mystère que les femmes mariées ne partagent pas avec les jeunes filles. Et nous n'avons pas le droit de poser des questions. De toute façon, se marier, faire des enfants sont des choses banales. J'ai vu des femmes accoucher, je sais tout ce que je dois savoir. On parle d'amour dans d'autres pays et dans les chansons, mais ce n'est pas pour moi. J'avais vu un film, un jour, à la télévision chez mon oncle : une femme très belle, très maquillée, faisant beaucoup de gestes, tendait les bras vers un homme qui la faisait pleurer. Je ne comprenais pas ce qu'elle disait en ourdou, mais j'ai trouvé qu'elle s'exhibait beaucoup trop.

Tout est simple chez nous, prévu d'avance. Mes parents s'occupent de la dot et ma mère se procure des petites choses pour mon mariage depuis quelques années déjà. Des petits bijoux, du linge, des vêtements. Le mobilier se prépare au dernier moment. Mon père a fait faire un lit pour moi. Le jour de mon mariage, j'ai porté, selon la tradition, le vêtement que le fiancé a acheté pour moi. Je ne peux pas me vêtir autrement. Chez nous, la tenue de la mariée est rouge. C'est très symbolique et très important. Avant la cérémonie, la fiancée doit tresser ses cheveux, en deux nattes, et, une semaine avant le jour du mariage, les femmes de la famille du fiancé viennent les défaire, et lui apportent de la nourriture pour toute la semaine. Même si j'ignore à quoi sert ce double rituel, j'ai fait comme tout le monde. Si bien que, le jour du mariage, mes cheveux étaient tout ondulés.

Puis vient le tour du henné, le *mehndi*. Les femmes de ma future famille l'appliquent elles-mêmes sur la paume de mes mains et sur les pieds. Ensuite, il y a la douche, et l'habillage. Un pantalon bouffant, une grande tunique, un grand châle – tout est rouge. Et pour l'occasion, je vais porter aussi la burka. Je l'ai déjà portée pour sortir et aller voir la famille, j'en ai l'habitude. Il m'arrivait de sortir avec, et, dès que j'étais loin de la maison, je marchais le visage découvert. Mais si j'apercevais quelqu'un de ma famille, je la remettais aussitôt, par respect. Ça ne gêne pas la visibilité car les trous sont nettement plus grands que ceux de la burka qu'on voit qu'en Afghanistan. Évidemment, ce n'est pas très commode, mais ici on ne la porte qu'avant le mariage. Une fois mariées, beaucoup de femmes l'abandonnent.

Mon grand-père maternel, qui était polygame, disait toujours :

— Aucune de mes femmes n'a porté le voile. Si elle veut le porter, c'est son droit, mais il faudra qu'elle le garde jusqu'à la fin de ses jours.

Normalement, l'imam vient conclure l'union soit le jour du mehndi, soit le jour du mariage. Pour moi, c'était le jour du mehndi. Lorsque l'imam m'a demandé si j'acceptais de prendre pour époux l'homme qui était là, j'étais tellement impressionnée que je n'arrivais pas à répondre. Ni oui ni non. Aucun mot ne sortait de ma gorge. Et l'imam insistait.

— Alors ? Dis-moi ! Dis-moi !

Il a fallu que les femmes me secouent la tête en signe de oui, et ajoutent :

— Elle est timide, mais elle a dit oui, ça y est.

Après le repas de riz et de viande, au cours duquel je n'ai pas avalé une bouchée, il fallait attendre l'arrivée de la famille du mari pour m'emmener. Entre-temps, il y a quelques rituels.

Il faut que mon frère aîné mette un peu d'huile sur mes cheveux et un bracelet de tissu brodé à mon bras. Une femme tient une petite casserole d'huile, et mon frère doit lui donner une pièce pour se servir en premier. Après lui, tous les membres de la famille trempent leurs doigts dans la casserole, pour mettre de l'huile sur ma tête.

Le mari peut maintenant faire son entrée dans la maison. Je ne l'ai pas encore rencontré et il ne verra pas mon visage sous la burka. J'attends, assise avec mes sœurs et mes cousines. Elles sont chargées de l'empêcher d'entrer tant qu'elles n'ont pas obtenu un petit billet. Dès qu'il le donne, il peut passer la porte. Il s'assied à côté de moi, et mes sœurs lui apportent un verre de lait sur un plateau. Il boit et, en reposant le verre vide, glisse encore un petit billet ! Puis le rituel de l'huile recommence, cette fois avec des variantes. La femme chargée du rituel trempe des petits bouts de coton dans sa casserole d'huile qu'elle jette au visage du mari en disant :

— Voilà des fleurs pour toi.

Ensuite, elle place un autre morceau de coton dans la paume de ma main droite et je dois serrer très fort mes doigts, afin que le mari ne parvienne pas à les ouvrir. C'est une sorte d'épreuve de force : s'il arrive à ouvrir ma main, tant pis pour moi, il a gagné. S'il n'y arrive pas, tout le monde se moque de lui en riant.

— Tu n'es pas un homme, tu n'arrives pas à ouvrir sa main !

Dans ce cas, il est obligé de me demander :

— Dis-moi ce que tu veux.

— Si tu veux que je desserre la main, tu me dois un bijou.

Et la mariée peut recommencer le jeu, les femmes referment sa main sur le coton et le marié tente de nouveau de l'ouvrir. En général, ce sont les sœurs et les cousines, toutes les filles autour, qui encouragent la mariée triomphante en criant :

— Demande-lui ça, et puis ça…

J'ai refermé la main une première fois, et il n'a pas pu l'ouvrir, une deuxième fois et il n'a toujours pas réussi ; il s'est fait huer par les femmes.

J'ignore si ce rituel a une valeur de symbole, ou si le marié est supposé échouer, car il doit obligatoirement offrir au moins un bijou. Mais la lutte est réelle en tout cas. Il faut de la force pour résister.

Il y a aussi des chants, que les jeunes filles adressent au frère aîné. C'est lui qui donne symboliquement sa sœur à un autre homme, c'est lui que les jeunes filles de la famille aiment et respectent le plus après leur père.

Je ne me souviens pas exactement de ce que les filles ont chanté à mon frère, peut-être ces paroles :

Je regarde vers le sud
Il me paraît très lointain
Soudain mon frère apparaît
Il porte une très belle montre
Il est fier en marchant…

Ce genre de chant naïf va probablement disparaître avec ce que les filles entendent maintenant à la radio. Mais le respect et l'amour pour le frère aîné demeureront.

Toute la famille était contente, et moi également, car c'était la fête. Mais j'étais aussi angoissée et triste, car j'allais quitter la maison où j'avais passé près de vingt ans. C'était fini, je n'y serais plus vraiment chez moi. Finis, les jeux d'enfance, les copines, les frères, les sœurs ! J'allais franchir le pas, et tout resterait derrière moi. L'avenir m'inquiétait.

Le marié s'est mis debout. Les cousines m'ont prise par les bras, pour me lever, selon la tradition. Elles m'ont guidée jusqu'à une grande charrette, tirée par un tracteur. Et, toujours selon la tradition, mon frère aîné m'a soulevée dans ses bras pour m'installer à l'arrière.

Devant la porte de la maison où habite le mari, un petit enfant attend. Il doit le prendre par la main et l'amener à l'intérieur. On me donne le *mandhani*, l'instrument qui sert à faire le beurre, et j'entre à mon tour. La dernière tradition est d'enlever la burka.

C'est le *ghund kholawi*. Je ne dois pas retirer le voile tant que le mari ne donne rien aux petites filles, qui le taquinent :

— Allez, donne, donne, n'enlève pas le ghund tant qu'il ne donne pas deux cents roupies...

— Non, non, cinq cents roupies...

— Non, non, tu n'enlèves pas le ghund tant qu'il ne donne pas mille roupies...

Il est allé jusqu'à cinq cents roupies. À l'époque, c'était beaucoup. Le prix d'un chevreau. Et il a enfin vu mon visage.

Dans la pièce où nous devions dormir, il y avait quatre lits, nous ne serions pas seuls.

Voilà comment j'ai passé trois nuits dans la maison de mon beau-frère avant d'entrer dans celle de mon mari – une pièce unique. Puis il a voulu retourner chez son frère, il ne pouvait pas vivre sans lui ! Malheureusement, l'épouse de celui-ci ne me supportait pas. Elle cherchait tout le temps des histoires, me reprochant de ne rien faire, alors qu'elle m'empêchait de faire, justement.

Comme le contrat de mariage établi par ma famille prévoyait que mon mari devrait habiter chez nous, je suis revenue à la maison au bout d'à peine un mois de cet étrange mariage, et il ne m'a pas suivie. Il voulait son frère, et refusait de travailler avec mon père ; je me demande même s'il me voulait, moi, car je n'ai pas eu trop de mal à ce qu'il m'accorde le talaq, le divorce par lequel il me « libérait ». Je lui ai rendu son bijou. J'étais libre. Même si une femme divorcée, dans notre tradition, est mal considérée. Je devais vivre avec mes parents – il est impossible à une femme de vivre seule sans s'attirer une mauvaise réputation. J'ai travaillé pour aider ma famille à subvenir à mes besoins. Entre le Coran que j'apprenais bénévolement aux enfants et les leçons de broderie aux femmes du village, je regagnais mon honneur et ma respectabilité dans la communauté, et ma vie était paisible.

Jusqu'à ce jour maudit du 22 juin.

Le système de justice tribale au sein d'une jirga remonte à une coutume ancestrale, incompatible avec la religion et la loi. Le gouvernement lui-même a réagi en recommandant aux gouverneurs des provinces et à la police d'enregistrer « obligatoirement » ce que l'on appelle un « premier rapport d'information » permettant une enquête dans les affaires de crimes d'honneur. Pour empêcher que les coupables ne se réfugient derrière le verdict de la jirga afin de justifier une infamie ou un crime de sang.

Et ce premier rapport, dans mon cas comme dans tant d'autres, je l'avais signé en blanc ! La police locale se chargeant d'écrire ma plainte à sa convenance. Pour éviter de se retrouver elle-même en conflit avec la caste dominante.

C'était une lâcheté d'hommes, une injustice. Dans les conseils de village, les hommes qui se réunissent pour régler les conflits familiaux sont supposés être des sages, et non des brutes sans conscience. Dans mon cas, un jeune homme excité, orgueilleux de sa caste et uniquement gouverné par la violence, et le désir de faire mal, a guidé tous les autres. Les hommes plus sages, plus âgés, ne représentaient pas la majorité.

Et depuis toujours les femmes sont exclues des réunions. Pourtant, ce sont elles qui par leurs fonctions de mères, de grands-mères, de gestion du quotidien, connaissent le mieux les problèmes familiaux. Le mépris des hommes pour leur intelligence les tient à l'écart. Je n'ose pas rêver qu'un jour, même lointain, une assemblée de village accepte des femmes.

Plus grave, ce sont elles qui servent de marchandises d'échange pour régler les conflits et subir la punition. Et la punition est toujours la même. Alors que la sexualité est un tabou, que l'honneur de l'homme dans notre société au Pakistan est justement la femme, il ne trouve comme solution à un règlement de comptes que le mariage forcé ou le viol. Ce comportement n'est pas celui que le Coran nous enseigne.

Si mon père ou mon oncle avait accepté de me céder en mariage à un Mastoi, ma vie aurait été proche de l'enfer. Au début, cette sorte de solution était destinée à réduire les affrontements entre castes ou tribus, grâce à la mixité. La réalité est bien différente. Mariée dans ces conditions, une épouse est encore plus maltraitée, rejetée par les autres femmes, mise en esclavage. Pis encore, certaines femmes sont violées pour des règlements de comptes matériels, ou à cause d'une simple jalousie entre deux voisins, et, lorsqu'elles tentent d'obtenir justice, on les accuse d'avoir commis l'adultère, ou d'avoir provoqué elles-mêmes une relation illicite !

Mais ma famille est peut-être un peu différente de la majorité. Je ne connais pas l'histoire de la caste Gujjar du Pendjab, ni d'où est venue ma tribu, ou encore quelles étaient ses traditions et ses coutumes avant la partition entre l'Inde et le Pakistan. Notre communauté est à la fois guerrière et agricole. Nous parlons un dialecte minoritaire concentré dans le sud du Pendjab, le saraiki, alors que la langue officielle du pays est l'ourdou. Beaucoup de Pakistanais lettrés parlent anglais. Je ne pratique ni l'un ni l'autre.

Naseem était maintenant mon amie, elle savait absolument tout de moi, et si je craignais encore les hommes et m'en méfiais, elle n'en avait pas peur.

Mais la chose la plus importante que j'ai découverte, mis à part la nécessité d'éduquer les filles, de leur donner la possibilité de s'ouvrir au monde extérieur par l'alphabétisation, c'est la connaissance de soi-même en tant qu'être humain. J'ai appris à exister, à me respecter en tant que femme. Jusque-là, ma révolte était instinctive, j'agissais pour ma survie et pour celle de ma famille menacée. Quelque chose en moi refusait de se laisser abattre. Sinon, j'aurais cédé à la tentation du suicide. Comment se relève-t-on de l'infamie ? Comment surmonte-t-on le désespoir ? D'abord dans la colère, l'instinct de vengeance qui sauve de la mort si tentante. C'est ce qui permet de se rétablir, de marcher, d'agir. Un épi de blé couché par l'orage peut se redresser ou pourrir sur pied. Je me suis d'abord redressée seule, et peu à peu j'ai pris conscience de mon existence en tant qu'être humain, et de mes droits légitimes. Je suis croyante, j'aime mon village, le Pendjab et mon pays, et je voudrais pour ce pays, pour toutes les femmes violentées, pour les nouvelles générations de filles, un autre statut. Je n'étais pas réellement une féministe militante, bien que les médias m'aient considérée comme telle. Je le suis devenue à force d'expérience, parce que je suis une survivante, une simple femme dans un monde dominé par les hommes. Mais mépriser les hommes n'est pas la solution pour progresser dans le respect.

Ce qu'il faut, c'est essayer de les combattre d'égal à égal.

LE TEMPS PASSÉ
À MEERWALA

Mon village était inconnu jusque-là, perdu dans la plaine de l'Indus, au sud du Pendjab occidental, dans le district de Muzaffargarh. Le poste de police est à Jatoï, à cinq kilomètres, et les grandes villes les plus proches, Dera Ghazi Khan et Multan, sont à environ trois heures de voiture, sur une route toujours encombrée d'énormes camions, de motocyclettes surchargées et de lourdes charrettes. Il n'y a pas de commerces sur place, et il n'y avait pas d'école.

L'installation de l'école de Mukhtar Mai a suscité la curiosité des habitants. Une curiosité méfiante au début, et je n'avais que quelques élèves. Avec l'aide de Naseem, il a fallu faire du porte-à-porte, pour convaincre les parents de nous confier leurs filles. On ne nous fermait pas la porte au nez, mais le père nous faisait comprendre que les filles sont faites pour la maison, et pas pour les études. Les garçons ont plus de possibilités. Ceux qui ne travaillent pas aux champs pouvaient déjà fréquenter l'école d'un autre village, mais personne ne les y contraignait.

Ces démarches diplomatiques nous ont pris beaucoup de temps. Et, bien entendu, il n'était pas question d'aller discuter avec la famille Mastoi. Les fils aînés étaient en prison « par ma faute ». Et si la police me laissait un jour sans protection, je savais qu'ils en profiteraient aussitôt. Ils déclaraient à qui voulait les entendre qu'ils se vengeraient sur moi et ma famille.

La construction de l'école était au départ à la mesure de nos moyens : simple, claire. Le mobilier scolaire est venu plus tard, et je regrette que quelques enfants, dont les plus petits, soient encore obligés de s'asseoir par terre. J'ai heureusement réussi à acheter de gros ventilateurs qui soulagent les enfants de la chaleur et des mouches.

Au début, je n'avais qu'une seule institutrice, mais, grâce à un article de presse écrit par Nicolas D. Kristof du *New York Times* et paru en décembre 2004, l'école avait attiré l'attention du haut-commissaire du Canada à Islamabad, Madame Margaret Huber. Le Canada coopère avec le Pakistan en matière d'éducation, de santé et de bonne gouvernance depuis 1947. Les changements de régime politique ne l'ont pas empêché de maintenir cette coopération, avec l'aide de représentants d'ONG locales pakistanaises. Ce pays a déboursé des millions de dollars pour l'aide au développement.

Finalement, le représentant de la SPO, Mustapha Baloch, est venu à Meerwala se rendre compte de la situation de l'école, et, début 2005, Madame le commissaire est arrivée jusqu'au village, entourée de journalistes, pour me remettre en main propre un chèque de 2,2 millions de roupies, la contribution de son pays à la construction de l'école.

Cette dame m'a félicitée pour mon courage, et pour le combat entrepris afin de promouvoir l'égalité et le droit des femmes. Pour ma volonté de consacrer ma vie non seulement à la justice mais à l'éducation.

J'avais déjà reçu les cinq cent mille roupies du gouvernement pakistanais, des dons privés venus des États-Unis. Mon école n'était plus sous les arbres, mais construite en dur. Avec le don de l'organisme canadien, le CIDA[1], j'assurais le salaire de cinq instituteurs pendant un an, la construction d'un bureau de direction et d'une petite bibliothèque, ainsi que celle de deux salles de classe à l'écart des filles, pour y installer les garçons. Afin de dépenser le moins possible, j'ai acheté du bois et employé un menuisier pour la fabrication des tables et des chaises. Ensuite, j'ai mis en route la construction d'une étable, avec des chèvres et des bœufs pour nous assurer un revenu régulier, indépendant des donations. Car les aides étrangères ne sont pas éternelles. J'avais déjà entre quarante et quarante-cinq élèves filles – les cours étaient gratuits autant pour les filles que pour les garçons.

À la fin de l'année 2005, je peux être fière du résultat : cent soixante garçons et plus de deux cents fillettes fréquentent l'école. Pour les filles, j'ai gagné !

Mais il reste encore à convaincre les parents de les laisser assister au cours régulièrement. Trop

1. Canadian International Development Agency.

souvent ils les chargent de tâches ménagères, surtout les plus grandes. Alors nous avons eu l'idée d'inventer un prix d'assiduité, à celui ou à celle qui ne manquerait pas un seul jour de classe. Il sera décerné à la fin de l'année scolaire. Une chèvre pour les filles et une bicyclette pour les garçons.

J'ai à présent un petit domaine, constitué de l'ancienne maison de mes parents, où je suis née et où je vis toujours. La cour est grande, au-delà des pièces réservées aux femmes. Il y a maintenant un grand préau à ciel ouvert, et quatre salles de classe pour les filles. L'école est dotée de cinq institutrices pour les filles, dont le salaire est pris en charge par les subventions extérieures, et d'un instituteur pour les garçons, payé par l'État. Un jour, peut-être, le gouvernement se chargera aussi des salaires des femmes, c'est à espérer...

Nous avons un grand bureau, avec une bibliothèque – réduite mais suffisante – où je garde les dossiers importants, les livres de classe et le cahier d'appel.

À l'extérieur ont été installés un distributeur d'eau pour tout le monde et un cabinet de toilette réservé aux hommes. Dans la cour, on trouve également une pompe pour les besoins ménagers, et un foyer. Naseem est proviseur et Mustapha Baloch conseiller technique, pour la construction et l'organisation, car le CIDA a vérifié régulièrement l'avancée des travaux. Tout fonctionne. Je suis directrice de la seule école de filles de ma région, entre les champs de canne à sucre et de blé, et les palmiers dattiers. Le centre du village est au bout d'un chemin de terre, je peux voir la mosquée depuis la porte de mon bureau et, à l'arrière de la maison, en traversant l'étable des chèvres, la ferme des Mastoi. Leurs enfants viennent régulièrement s'asseoir dans l'école, filles ou garçons, et je n'ai pas reçu de menaces directes. Le calme règne à l'école.

Les enfants, ici, appartiennent à plusieurs tribus, parmi lesquelles des castes supérieures ou inférieures. Mais, à leur âge, aucun conflit n'apparaît. Surtout chez les filles. Je n'ai jamais entendu une seule réflexion de l'une d'entre elles. Les classes de garçons sont éloignées de mon petit domaine, de manière à ce qu'elles ne les croisent pas sur le chemin.

Et, tous les jours, j'entends les filles réciter leurs leçons, courir, discuter sous le préau, et rire. Toutes ces voix me réconfortent, nourrissent mes espoirs. Ma vie a un sens aujourd'hui. Cette école devait exister et je continuerai à me battre pour elle. Dans quelques années, ces petites filles auront suffisamment de notions scolaires pour aborder différemment leur existence, je l'espère. Car depuis cette histoire, qui a projeté le nom de mon village dans le monde entier, les horreurs contre les femmes ne cessent pas. Toutes les heures, au Pakistan, une femme est violentée, battue, brûlée avec de l'acide, ou meurt dans l'explosion « accidentelle » d'une bouteille de gaz... La Commission des droits de l'homme pour le Pakistan a recensé, dans la seule région du Pendjab, cent cinquante cas de viol durant les six derniers mois. Et je reçois régulièrement des femmes qui viennent me demander de l'aide. Naseem leur donne des conseils juridiques, leur recommande de ne jamais signer une déposition sans témoin, et de demander de l'aide aux associations de protection de la femme.

Naseem me tient également au courant des quelques affaires qui apparaissent dans la presse – j'apprends à lire, je sais signer mon nom, écrire un petit discours, mais Naseem lit plus vite que moi !

« Zafran Bibi, une jeune femme de vingt-six ans, a été violée par son beau-frère et s'est retrouvée enceinte. Elle n'a pas renié cet enfant et a été condamnée à mort par lapidation en 2002, car l'enfant représentait une preuve de zina, le péché d'adultère. Le violeur n'a pas été inquiété. Elle est en prison à Kohat, au nord-ouest du Pakistan, où son mari vient lui rendre visite et réclamer sa libération régulièrement. Elle ne sera pas lapidée, mais risque de passer plusieurs années en prison, alors que son violeur, lui, est protégé par la loi. »

« Une jeune femme fait un mariage d'amour – autrement dit, elle décide seule d'épouser celui qu'elle aime contre l'avis de sa famille et de celle du fiancé qui lui était destiné, qui l'estime de ce fait "mal éduquée". Ses deux frères ont assassiné son époux, au cours d'une réunion de famille, pour le punir d'avoir souillé l'honneur familial. »

Aucune jeune fille n'a le droit de penser à l'amour, d'épouser l'homme qu'elle souhaite. Même dans les milieux évolués, les femmes ont le devoir de respecter le choix des parents. Et peu importe si ce choix a été fait alors qu'elles n'étaient pas encore nées. Ces dernières années, des jeunes femmes ont été condamnées par la jirga pour avoir voulu se marier librement, alors que la loi nationale islamique les y autorise. Mais les fonctionnaires préfèrent se mettre du côté des lois tribales, au lieu de les protéger. Et le plus simple pour une famille « déshonorée » est de prétendre que l'époux librement choisi a violé sa fille : Faheemuddin, de la caste des Muhajir, et Hajira, de celle des Manzai, s'étaient mariés. Le père de Hajira n'était pas d'accord. Il a donc déposé plainte pour viol. Le couple a été arrêté, mais Hajira a déclaré au cours du procès de son mari qu'elle était consentante et n'avait pas été violée. La cour l'a envoyée dans un centre de protection pour femmes afin de statuer sur son sort. Le jour précis où le couple obtenait gain de cause, et sortait libre de la Haute Cour de justice à Hyderabad, un groupe d'hommes a surgi, formé, entre autres, du père de la jeune femme, de son frère et de son oncle. Ils ont tenté de fuir en rickshaw, avant d'être abattus tous les deux.

Les mariages mixtes sont rares, mais Naseem m'a rapporté le cas d'une femme chrétienne qui, ayant épousé un musulman, s'était convertie. Elle avait eu de lui une enfant, devenue une adolescente de dix-sept ans, nommée Maria. Un jour, un oncle de la famille s'est présenté chez elle et a prétendu que sa femme était malade et réclamait Maria. L'adolescente a disparu. Sa mère l'a cherchée en vain. Elle a été enfermée pendant des mois dans une pièce et nourrie par une vieille femme, sans savoir pourquoi elle était prisonnière. Finalement, des hommes en armes, accompagnés d'un religieux, l'ont obligée à signer deux actes, l'un de mariage, et l'autre disant qu'elle s'était convertie. Maria a été rebaptisée Kalsoom, puis conduite au domicile de son époux, un extrémiste, qui avait payé vingt mille roupies pour la faire kidnapper. Là, elle s'est retrouvée dans une autre prison, surveillée par toutes les femmes de la maison, qui la maltraitaient et l'insultaient puisqu'elle était chrétienne.

La malheureuse jeune fille a eu un enfant et a tenté de s'échapper une première fois, mais s'est fait rouer de coups. Finalement, alors qu'elle était enceinte de nouveau, elle a profité d'une porte mal fermée et a réussi à fuir, après trois années de prison, pour se réfugier chez sa mère. Or le mari était influent. Il refusait le divorce, réclamait la garde de son enfant. Maria a dû vivre cachée, car l'avocat spécialisé dans ce genre de divorce, entre époux n'appartenant pas à la même religion, avait refusé de poursuivre l'affaire. Avant de se retirer, il avait mis en garde la mère et la fille : la famille de cet homme était très puissante, elles étaient en danger. Le mari avait payé des hommes de main pour la kidnapper. Il n'a pu faire qu'une chose, lui trouver un refuge.

Cette jeune fille était issue d'un mariage mixte, et son histoire a été publiée. Un rapport de la Commission des droits de l'homme rapporte que deux cent vingt-six jeunes filles pakistanaises mineures ont été kidnappées au Pendjab dans les mêmes conditions pour y être mariées de force. En général, au premier refus de la part d'une fille, la famille s'emploie activement à remettre les choses « en ordre ». Un refus étant considéré comme une atteinte à l'honneur, provoquant trop souvent des règlements de comptes meurtriers, les familles se réunissent devant la jirga pour y régler la question. Et lorsqu'il y a des morts des deux côtés, le prix à payer se compte soit en roupies, soit en l'attribution d'une femme, ou de deux... selon la décision. Naseem dit que nous sommes moins importantes que des chèvres, pis, moins que des savates que l'homme jette et renouvelle à son gré, lorsqu'il les trouve trop usées.

Une jirga a par exemple pris la décision, pour régler une histoire d'assassinat, d'« attribuer » deux fillettes de onze et six ans à la famille des victimes. La plus grande a été mariée à un homme de quarante-six ans, la petite de six ans au frère de la victime, un enfant de huit ans. Et les deux familles ont accepté la transaction. Bien qu'elle soit la conséquence d'un meurtre stupide. À l'origine, il s'agissait d'un conflit entre voisins, à propos d'un chien qui aboyait trop souvent. Les jurés des jirga estiment le plus souvent que le meilleur moyen de calmer les fureurs meurtrières dans un village est de donner une fille ou deux en mariage, pour créer des liens entre les ennemis.

Or, la décision d'une jirga n'est que le résultat d'un marchandage. Cette assemblée a un rôle de conciliatrice, et ne se réunit que pour régler un conflit avec l'accord des parties, et non pour rendre la justice. C'est le système « œil pour œil ». Si un clan a tué deux hommes, l'autre a le droit d'en tuer deux... Si une femme a été violée, le mari, le père ou le frère a le droit d'en violer une en guise de revanche.

La plupart des conflits qui ne mettent pas l'honneur des hommes en cause se règlent financièrement, et cela peut aller jusqu'à des affaires de meurtre. Ce qui décharge la police et la justice officielle de nombreux dossiers. Il n'est pas rare – et j'en suis peut-être la preuve – qu'un ancien litige à propos de terres annexées par une tribu se transforme mystérieusement en une affaire d'honneur, plus simple à régler devant le conseil, et ce sans avoir à débourser la moindre roupie.

Le grand problème, pour les femmes, c'est qu'on ne les tient au courant de rien. Elles ne participent pas aux délibérations. Un conseil de village ne réunit que des hommes. Que la femme soit l'objet du litige ou serve de compensation, elle est par principe maintenue à l'écart. On lui annonce, du jour au lendemain, qu'elle est « donnée » à telle famille. Ou, comme dans mon cas, qu'elle doit demander pardon à telle autre famille. Comme le dit Naseem, les drames et les conflits dans un village sont de véritables nœuds que les conseils dénouent en dépit du respect des lois officielles, et surtout des droits de l'humain.

En janvier 2005, alors que j'attends le jugement de la cour d'appel de Multan depuis deux ans, une autre affaire fait la une des journaux, que les commentateurs relient volontiers à la mienne, bien qu'elle soit fort différente.

Le docteur Shazia, une femme cultivée de trente-deux ans, mariée et mère de famille, exerçait son métier dans une entreprise publique du Baluchistan, la Pakistan Petroleum Limited. Son mari était à l'étranger, ce 2 janvier. Elle était donc seule dans sa maison, une propriété close et gardée car le secteur d'exploitation de la PPL se trouve dans une zone tribale très isolée.

Elle dormait lorsqu'un homme s'est introduit dans sa chambre, et l'a violée.

La suite de son histoire, elle l'a racontée elle-même.

« Je me suis débattue alors qu'il me tirait par les cheveux, j'ai crié, mais personne n'est venu. J'ai essayé d'attraper le téléphone, il m'a frappée à la tête avec le combiné. Il a essayé de m'étrangler avec le fil. Je l'ai supplié :

« – Pour l'amour de Dieu, je ne vous ai pas fait de tort, pourquoi me faites-vous ça ?

Il a répondu :

« – Tiens-toi tranquille ! Il y a quelqu'un dehors, avec un jerrycan de kérosène. Si tu ne restes pas tranquille, il viendra t'immoler par le feu !

« Il m'a violée, puis m'a bandé les yeux avec mon foulard, m'a frappée à coups de crosse de fusil et m'a violée une deuxième fois. Ensuite, il m'a recouverte d'une couverture, ligoté les poignets avec le fil du téléphone, et il est resté un moment à regarder la télévision. J'entendais le son en anglais. »

Le docteur Shazia a perdu conscience, puis elle a réussi à se libérer et à courir chercher refuge au domicile d'une infirmière.

« J'étais incapable de parler : elle a vite compris. Des médecins de la PPL sont venus. Je m'attendais à ce qu'ils soignent mes blessures, mais ils n'en ont rien fait, au contraire. Ils m'ont donné des tranquillisants, emmenée secrètement par avion dans un hôpital psychiatrique de Karachi en me conseillant de ne pas chercher à contacter ma famille. J'ai pu tout de même prévenir mon frère, et la police a enregistré ma déposition le 9 janvier. Les services de renseignements militaires m'ont affirmé que le coupable allait être arrêté en quarante-huit heures.

« On nous a installés, mon mari et moi, dans une autre maison, avec interdiction d'en sortir. Le président a dit à la télévision que ma vie était en danger. Et le pire, c'est que le grand-père de mon mari a déclaré, lui, que j'étais une "kari", une tache dans la famille, et que mon mari devait divorcer, qu'il fallait me rejeter de la famille. J'ai cru qu'on allait chercher à me tuer, j'ai essayé de me suicider, mais mon mari et mon fils m'en ont empêchée. Ensuite, il m'a été vivement conseillé de signer une déclaration disant que j'avais reçu l'aide des pouvoirs publics, que je ne voulais pas aller plus loin dans cette affaire. On m'a dit que si je ne signais pas, mon mari et moi serions probablement tués. Qu'il valait mieux quitter le pays, et ne pas demander de comptes à la PPL, car nous devrions alors faire face à de nombreuses difficultés. Il m'a été vivement conseillé également de ne pas prendre contact avec des organismes humanitaires, ou de défense des droits de l'homme. »

L'affaire avait fait du bruit au Baluchistan, où les ouvriers manifestent régulièrement leur hostilité à l'exploitation du gaz dans leur région. Le bruit ayant couru que l'agresseur du docteur Shazia appartenait à l'armée, ils ont attaqué une unité militaire du secteur. On dit qu'une quinzaine d'hommes ont été tués, et des installations de gaz endommagées.

Le docteur Shazia vit maintenant en exil, quelque part en Angleterre, au sein d'une communauté pakistanaise particulièrement rigide, dans laquelle elle se sent mal à l'aise. Son mari la soutient, mais leur grand chagrin est d'avoir dû laisser leur fils au Pakistan – il n'a pas été autorisé à les suivre. Ils ont perdu leur vie, leur pays ; leur seul espoir pour l'instant est d'obtenir l'autorisation d'immigrer au Canada, où ils ont de la famille.

Naseem est toujours aussi directe lorsqu'elle commente ce cas :

— Quel que soit son statut social, qu'elle soit illettrée ou cultivée, aisée ou pauvre, une femme victime de violence est en plus victime d'intimidation. Pour toi, c'était : « Mets ton pouce, on écrira ce qu'il faut ! » Pour elle : « Signez là, sinon vous mourrez ! »

Et elle continue :

— Qu'il s'agisse d'un paysan ou d'un militaire, un homme viole comme il veut et quand il veut. Il sait qu'il sera la plupart du temps épargné, protégé par tout un système, politique, tribal, religieux ou militaire – nous ne sommes pas près d'accéder aux droits légitimes des femmes. Bien au contraire. Les activistes féminines sont mal considérées, on nous prend au pis pour des révolutionnaires dangereuses, au mieux pour des perturbatrices de l'ordre masculin. À toi, on a reproché de t'adresser à elles, on dit même dans une certaine presse que tu es manipulée par les journalistes et les ONG. Comme si tu n'étais pas assez intelligente pour comprendre que le seul moyen d'obtenir la justice, c'est de la réclamer haut et fort.

Je suis devenue une militante. Une icône, le symbole de la lutte des femmes de mon pays.

Il paraît que l'Académie des arts de Lahore a mis en scène une pièce de théâtre, dont ma malheureuse histoire a été le déclencheur. *Mera Kya Kasur*[1]. Le propos n'est pas calqué sur ce qui m'est arrivé, car l'histoire commence avec la fille d'un seigneur féodal tombant amoureuse d'un jeune homme instruit, mais fils de paysan. Ils sont vus se tenant par la main, alors le verdict de la jirga, destiné à rétablir l'honneur du seigneur, stipule que la sœur du jeune paysan sera donnée au fils du seigneur. La jeune paysanne se suicide, sa mère également ; le jeune homme devient fou, et se suicide lui aussi.

Avant de mourir sur scène, la jeune actrice qui joue « mon rôle », celui de la femme dont on dispose, se pose la question de savoir si c'est un péché dans son pays que de naître fille et pauvre. Et elle crie :

— Arrêter les coupables me rendra-t-il mon honneur ? Combien y a-t-il de filles comme moi ? Plus que le suicide, la volonté de justice m'a rendu l'honneur. Car il ne faut pas se sentir coupable du crime des autres. Malheureusement, trop peu de femmes ont la chance de pouvoir alerter les médias et les organisations de défense des droits de l'homme.

En octobre 2004, une grande manifestation a réuni des centaines d'activistes et des représentants de la société civile, pour demander une

1. « Est-ce ma faute ? ».

meilleure législation concernant les crimes d'honneur. Mon avocat y participait, avec d'autres personnalités. Depuis longtemps, le gouvernement a promis d'interdire les crimes d'honneur, et rien n'a été fait. Il suffirait de modifier au moins les articles de la loi qui permettent aux criminels de transiger avec les familles de leurs victimes, et d'échapper ainsi aux sanctions pénales. De déclarer illégaux les procès devant les conseils tribaux. On dit que certains gouvernements de province préparent un projet de loi pour légiférer sur ce système de justice privée. Mais les jirga continuent d'exercer leur pouvoir, et des milliers de femmes sont toujours victimes de viol ou de meurtre dans ce système tribal.

La procédure d'appel, dans mon cas, est longue à venir. Deux ans déjà se sont écoulés depuis les premières condamnations à mort. Si les lois n'ont pas changé, si la Haute Cour d'Islamabad ne confirme pas les condamnations, si les huit accusés qui ont déjà été relâchés ne sont pas sanctionnés, cette fois, comme je l'ai demandé dans la procédure d'appel, alors pourquoi ne pas libérer tout le monde, et me renvoyer dans mon village à la merci des Mastoi ? Je n'ose pas y penser. Naseem a confiance. Elle s'est engagée à fond dans ce combat à mes côtés. Et je sais qu'elle prend autant de risques que moi. C'est une optimiste, elle croit en ma capacité de résister. Elle sait que j'irai jusqu'au bout, que j'endure les menaces avec un fatalisme qui me sert de bouclier, une obstination qui peut apparaître tranquille aux autres, mais qui bouillonne en moi depuis le début.

Je dis souvent que, si la justice des hommes ne punit pas ceux qui m'ont fait « ça », Dieu y pourvoira un jour ou l'autre. Mais j'aimerais que cette justice me soit rendue officiellement. Devant le monde entier s'il le faut.

DÉSHONNEUR

Le 1er mars 2005, je me présente une nouvelle fois devant un tribunal. Cette fois, il s'agit de la cour d'appel de Multan. Je ne suis pas seule : les ONG, la presse nationale et étrangère attendent cette décision. J'ai déclaré aux nombreux micros qui se tendaient vers moi que je n'espérais que la justice, mais que je la voulais « entière ».

La tribu des Mastoi nie toujours. Et nous savons tous, ici – membres d'ONG, journalistes locaux ou étrangers –, avec quelle régularité on acquitte les auteurs de viol. Le premier jugement était une victoire, mis à part l'acquittement de huit hommes du clan, dont je réclame aussi la condamnation. Je m'assieds, et j'écoute le juge lire en anglais un texte interminable, que, bien entendu, je ne peux pas comprendre.

Selon le jugement daté du 31 août 2002, rendu par le tribunal de Dera Ghazi Khan, juge antiterroriste, les six appelants nommés ci-dessous ont été reconnus coupables et condamnés aux peines suivantes...

Six hommes ont été condamnés à mort.

Les huit autres prévenus ont été acquittés de toutes les charges pesant contre eux...

Je chuchote avec Naseem de temps en temps. Et pendant ce temps, lentement mais sûrement, au rythme de ces mots incompréhensibles pour moi, une justice arbitraire se met en place.

La journée du lundi s'écoule ainsi, puis celle du mardi 2 mars. Mon avocat parle à son tour et je m'endors un peu par moments, tant je suis lasse. J'ai souvent le sentiment que les choses se passent sans moi dans cette grande salle.

Si seulement je pouvais comprendre les mots qui s'échangent – mais il me faut attendre le soir, pour que mon avocat résume dans ma langue l'essentiel des arguments de la défense des accusés. Il apparaît que :

« Ma déposition est pleine de contradictions, qu'elle n'est soutenue par aucune preuve suffisante pour prouver un viol collectif. »

Alors que la moitié du village au moins en a été témoin.

« Ma plainte n'a pas été déposée immédiatement après les faits, sans que l'on puisse trouver une raison valable à ce retard. »

Il faut être une femme soi-même pour savoir à quel point une femme violée par quatre hommes est malade physiquement et moralement. Le suicide immédiat paraît plus logique à tous ces hommes ?

« La manière dont ma déposition a été enregistrée est douteuse. Le 30 juin 2002, un inspecteur a enregistré une version. Le procureur en a enregistré une autre. »

Celle du policier et la mienne ne pouvaient pas concorder, évidemment.

Il s'ensuit toute une série de dénégations avancées par la défense, tendant à montrer que rien ne prouve la responsabilité des accusés. Il est dit que toute cette « histoire » a été inventée par un journaliste qui se trouvait présent, afin d'en tirer des gros titres sensationnels. Que la presse s'est emparée de l'affaire et lui a donné une couverture internationale, alors que les faits n'avaient pas eu lieu !

Que j'ai reçu de l'argent de l'étranger, que j'ai un compte en banque !

Je connais tous ces arguments, surtout le dernier. Ma volonté de créer une école avec cet argent, d'éduquer les filles et même les garçons, ne compte pas pour mes adversaires. On m'a traduit des commentaires parus dans la presse nationale, voulant démontrer que la femme pakistanaise n'avait qu'un devoir, celui d'être au service de son mari, que la seule éducation pour une fille devait venir de sa mère, et que, en dehors des textes religieux, elle n'avait rien à apprendre. Que le silence de la soumission.

Il apparaît sournoisement dans ce tribunal que je suis coupable de ne pas respecter ce silence.

J'ai souvent dit et répété aux journalistes que je luttais avec la force de ma foi religieuse, mon respect du Coran et de la Sunna. Cette forme de justice tribale, qui consiste à terroriser, violer, pour assurer une domination sur un village, n'a rien à voir avec le Coran. Mon pays est toujours régi, malheureusement, par ces traditions barbares que l'État ne parvient pas à arracher des esprits.

Entre la loi officielle de la République islamique, qui avance trop lentement vers une véritable égalité entre les citoyens, hommes et femmes, et les lois hudûd[1], qui pénalisent essentiellement les femmes, les juges balancent selon leurs convictions.

Le 3 mars, le verdict est enfin rendu, contraire à la décision en première instance du tribunal antiterroriste. À la stupeur générale, la cour de Lahore acquitte cinq des condamnés, et ordonne qu'on les libère ! Seul l'un d'eux demeure en prison, condamné à perpétuité. C'est un choc terrible !

Alors, la foule se met à hurler de fureur, et personne ne veut quitter la salle d'audience. Les journalistes s'agitent sur leurs bancs, et les commentaires pleuvent de toutes parts.

— C'est triste pour le pays...

— ... une honte pour toutes les femmes...

— ... une fois de plus, la loi civile est bafouée...

Je suis effondrée. Je tremble devant les journalistes. Que dire ? Que faire ? Mon avocat va faire appel de cette décision, mais entre-temps ? « Ils » vont rentrer chez eux, dans leur ferme, à cent mètres de ma maison et de mon école. Ma famille est menacée, je suis en danger de mort à partir de ce jour. Je voulais la justice, je voulais qu'ils soient

1. Renforcement de la loi de *zina*, dite « renforcement des hudûd ».

pendus, je n'avais pas peur de le dire, ou au moins qu'ils demeurent en prison le reste de leur vie sur terre. Je ne luttais plus pour moi uniquement, mais pour toutes les femmes que la justice bafoue ou délaisse, en exigeant quatre témoins oculaires pour obtenir la preuve d'un viol ! Comme si les violeurs œuvraient en public ! Tous les témoignages qui me concernent sont rejetés sans autre forme de procès, alors que tout un village est au courant. Ce tribunal fait en sorte de rendre aux Mastoi leur prétendu honneur perdu ! En s'abritant derrière des arguments qui reprennent mot à mot ceux de la défense, et me transforment en accusée : l'enquête a été mal faite, le viol n'est pas prouvé. Voilà, rentre chez toi, Mukhtar, il fallait te taire, la puissante caste des Mastoi a eu raison de toi. C'est un second viol.

J'en pleure de rage et d'angoisse. Mais, face au tollé général, à la masse des manifestants, et des journalistes, le juge est contraint de venir faire une déclaration quelques heures plus tard.

— J'ai rendu un verdict, mais je n'ai pas encore ordonné qu'il soit appliqué ! Les prévenus ne sont pas encore en liberté.

Le verdict est donc tombé le jeudi 3 mars au soir. Le vendredi est un jour de prière. Avant que le juge ait le temps de faire taper le verdict, qu'il en envoie par la poste une copie au préfet et à différentes administrations pénitentiaires, il nous reste quelques jours pour agir – c'est ce que m'explique Naseem, qui ne baisse pas les bras, de même que les activistes de toutes les associations présentes.

Le choc passé, je refuse d'abandonner. Autour de nous, des femmes hurlent la même rage et la même humiliation. Les ONG et l'organisation de défense des droits de l'homme se mobilisent immédiatement. La province est en ébullition. Le 5 mars, je donne une conférence de presse épuisante. Oui, je vais faire appel. Non, je ne vais pas m'exiler. Je veux continuer à vivre chez moi, dans mon village ; mon pays est ici, cette terre est ma terre, j'en appellerai au président Mucharraf lui-même s'il le faut !

Le lendemain, je suis de retour chez moi, et, le 7 mars, j'arrive à Multan pour prendre part à une immense manifestation de protestation contre ce jugement inique. Trois mille femmes y participent, encadrées par les associations de défense des droits des femmes. Je marche au milieu des pancartes qui réclament justice en mon nom, et la réforme des fameuses lois hudûd. Je marche en silence dans cette foule passionnée, avec cette phrase en tête, humiliante et obsédante : « On va les libérer, on va les libérer… Mais quand ? »

Pendant ce temps, les organisateurs de la manifestation profitent des micros et des photographes pour protester. Le chef des militants de l'association des droits de l'homme déclare :

« Le gouvernement n'est pas allé au-delà de sa rhétorique sur le droit des femmes. Condamner le docteur Shazia en l'obligeant à quitter le pays, et Mukhtar Mai en libérant ses agresseurs, signifie que la route est encore longue pour atteindre la justice. »

Les fondatrices de l'AGHS – une association qui existe depuis 1980 et lutte pour les droits humains et le développement démocratique du pays – sont sur le terrain en permanence et donc au contact de cas difficiles. Elles sont encore plus amères.

« Si la condition des femmes s'améliore un peu, cela n'a rien à voir avec le gouvernement. Les progrès sont dus, dans une large mesure, à la société civile et aux organisations du droit des femmes. Elles ont souvent risqué leur vie pour atteindre leurs buts ! Nous sommes l'objet de menaces graves et de pressions régulières depuis des années. Ce gouvernement, en particulier, se sert du principe du droit des femmes pour donner à la communauté internationale une image progressiste et libérale du pays. C'est une illusion ! Le viol du docteur Shazia et l'issue du procès de Mukhtar Mai démontrent à l'évidence son manque de volonté pour éliminer la violence contre les femmes. Le président protège les accusés, influence les enquêtes. L'État a perdu sa crédibilité.[1] »

Le directeur de la fondation Aurat, spécialisée dans l'éducation et l'aide judiciaire aux femmes, affirme quant à lui :

« La condition des femmes s'est largement détériorée, et ne cessera d'empirer. La route est longue, même si les mouvements des droits de l'homme ont progressé ce dernier quart de siècle. Le gouvernement nous dit que la représentation

1. Hina Jilali, l'une des fondatrices, plaide à la Cour suprême de Lahore et à la Cour suprême d'Islamabad.

féminine au Parlement est de 33 %, mais cela n'est dû qu'à la pression constante de la société civile. Le procès de Mukhtar Mai est l'exemple majeur que rien n'a été fait pour stopper la violence contre les femmes, et le viol du docteur Shazia un autre exemple écœurant du déshonneur de notre pays dans le monde. C'est une offense aux droits de l'homme. Le procès de Mukhtar Mai ne peut qu'encourager les futurs violeurs. Le récent refus d'un projet de loi interdisant les crimes d'honneur dans ce pays signifie que nous devrons marcher longtemps encore comme aujourd'hui pour espérer obtenir une justice sociale. »

Kamila Hayat, du HRCP[1], déclare aux journalistes :

« Même si la violence n'a pas régressé, les femmes s'efforcent à présent de comprendre leurs droits dans les cas de violence familiale. Ils sont en augmentation, c'est le résultat de la pauvreté, du manque d'éducation et de tant d'autres facteurs sociaux négatifs, tels que les jugements tribaux, et les lois antiféministes en vigueur depuis quelques années. Ces deux combattantes ont montré que, pour une femme, obtenir justice est tout aussi difficile, que l'on soit lettrée ou non. »

Toute la presse, les radios, les télévisions s'activent et commentent nuit et jour cette décision scandaleuse. Pour certains, des questions se po-

1. Human Rights Commission of Pakistan.

sent : Qui est intervenu ? Comment un juge peut-il annuler dans sa totalité une condamnation pour viol en bande organisée définie par un tribunal antiterroriste ? Sur quel critère ? Je n'ai pas la réponse. C'est l'affaire de mon avocat.

Le soir même, je suis de retour au village, car on nous a appris que le haut-commissaire du Canada au Pakistan, Madame Margaret Huber, va venir me rendre visite à l'école le lendemain. Toutes les ambassades étrangères sont au courant de l'affaire, et le haut-commissaire arrive vers midi – je me dois de la recevoir dignement. Aux journalistes qui l'accompagnent, elle déclare :

— Par l'intermédiaire de l'Agence canadienne de développement international, le Canada paiera l'agrandissement de l'école pour les élèves déjà inscrites ainsi que pour celles qui sont en liste d'attente. Mon pays fait ce don pour saluer l'immense contribution de la militante Mukhtar Mai à la lutte pour l'égalité des sexes et les droits de la femme au Pakistan et dans le monde. La violence contre les femmes demeure un des plus grands fléaux dans le monde. Celle dont a été victime Mukhtar Mai en aurait brisé bien d'autres. Victime d'un viol collectif sur ordre d'un conseil tribal, Mukhtar Mai a refusé de rester silencieuse, elle a consacré les fonds qui lui ont été accordés en dédommagement à construire une école pour son village. Elle n'a de cesse de s'assurer que les jeunes filles de son village ne subiront pas son sort. Cette femme incarne le véritable esprit de la Journée internationale de la femme !

Madame Huber est restée quatre heures sur place. Sa présence m'a réconfortée, mais c'était aussi une journée angoissante pour moi, pendue au téléphone dans l'attente des nouvelles de mon avocat qui s'efforçait d'obtenir la copie du jugement.

Finalement, il a appris que les « coupables » devaient sortir de prison le 14 mars – en principe, car les militants des ONG et les médias s'étaient postés devant la prison, et la police ne pouvait pas leur assurer une protection efficace face à la meute de journalistes et de militants hors d'eux.

Cette libération risque de provoquer une émeute dont le gouvernement n'a pas besoin. Mais puisque l'on me reproche déjà d'être aidée par les ONG et les médias, je ne vais pas en rester là. Au contraire. Il se trouve que mon combat est aussi le leur depuis des années. Personne ne me fera taire. Si je restais chez moi à pleurer et à me lamenter sur mon sort, je ne pourrais plus me regarder en face. J'ai des responsabilités : la sécurité des miens, ma vie et mon école, qui abrite maintenant plus de deux cents élèves. Dieu sait que j'ai toujours dit la vérité. Mon courage, c'est justement la vérité, et je veux qu'elle sorte enfin de ce nid odieux où se cachent les hommes et leur hypocrisie. C'est ainsi que nous entamons, Naseem et moi, un périple d'une semaine qui nous laissera étourdies de fatigue.

Le 9 mars, nous nous préparons pour aller le lendemain à Muzaffargarh, le chef-lieu de canton, où se déroulera une autre manifestation contre la violence faite aux femmes. Environ mille cinq cents personnes arrivent sur place. La présidente de l'organisation de défense des droits de l'homme du Pakistan fait elle-même le déplacement et parle aux journalistes. Un slogan est inscrit sur d'immenses cartons : « Mukhtar Mai, courage, nous sommes avec toi ».

Nous sommes escortées par la police à chaque déplacement. Je me demande parfois s'il s'agit de me protéger ou de me surveiller. Je ne tiens plus debout, une fièvre étrange me fait frissonner depuis ce jour du 3 mars, et je n'ai pas pris de repos. Des manifestants sont même venus jusqu'au village, devant chez moi. Le chemin est encombré, la cour pleine de monde. Les responsables de ce rassemblement m'informent qu'une autre marche aura lieu à Muzzaffargarh, le 16 mars, contre les lois hudûd. Mais, le 16 mars, j'ignore où je serai. Les Mastoi seront libérés, chez eux, libres, mais pas moi !

Et il faut repartir pour Multan, au bureau de l'avocat, pour y retirer la copie du jugement qu'il vient d'obtenir. Encore trois heures de route. Je me sens tellement mal... Ma tête est comme une pierre, mes jambes vacillent, tout mon corps est las d'endurer cette bataille qui n'en finit pas. Naseem est obligée d'arrêter le chauffeur pour trouver un médicament qui me soulage provisoirement.

Alors que je suis à peine entrée dans le bureau de l'avocat, mon téléphone portable sonne. C'est mon frère Shakkur, il crie de manière hystérique :

— Rentrez vite à la maison, la police nous a dit de ne pas bouger ! Les Mastoi sont sortis de prison il y a une heure ! Ils vont bientôt arriver ici !

Il y a plein de policiers partout ! Il faut rentrer, Mukhtar ! Vite !

Cette fois, il semble que j'aie perdu la partie. J'espérais que les autorités judiciaires interviendraient, que mon avocat aurait le temps de faire enregistrer l'appel de cette décision. J'espérais qu'il se passerait n'importe quoi, mais que, au moins, ils resteraient en prison sous la pression des médias, des ONG et des hommes politiques. J'espérais l'impossible.

En retournant à la maison en pleine nuit, je sens, je devine, que nous ne sommes pas loin du fourgon de police qui ramène mes agresseurs chez eux. Ils doivent être juste devant nous, je scrute les feux arrière des véhicules et frissonne de rage à l'idée qu'ils nous précèdent !

Il est onze heures du soir lorsque nous arrivons. La maison est cernée d'une dizaine de véhicules de police. Et, en face, dans la nuit noire, je distingue la même animation autour de la ferme des Mastoi. Ils sont bien là ! La police veut s'assurer que les cinq hommes ne s'échapperont pas, puisque la procédure d'appel est en cours. Elle veut surtout éviter une révolte, et bloquer des journalistes ou des manifestants. L'entrée du village est surveillée, et donc sa sortie puisqu'il n'y a pas d'autre route carrossable. Naseem me rassure :

— Ils ne peuvent pas bouger de chez eux pour l'instant. Change-toi en vitesse, on repart !

Nous avons pris la décision folle de nous rendre par la route vers Multan : l'avocat nous a conseillé d'aller nous adresser au président Mucharraf, et de lui demander d'abord d'intervenir pour ma sécurité et celle de ma famille. Mais je demande plus. Beaucoup plus. Je veux qu'ils retournent tous en prison, que la Cour suprême réexamine le dossier – je veux la justice, même si je dois la payer de ma vie. Je n'ai plus peur de rien. La colère chez moi est une bonne arme, et je suis en colère contre ce système qui voudrait m'obliger à vivre dans la peur, dans mon propre village, face à mes violeurs impunis. Le temps est loin où je marchais, résignée, sur ce chemin, pour demander pardon au nom de ma famille pour « l'honneur » de ces gens. Ce sont eux qui déshonorent mon pays.

Après les trois heures de route jusqu'à Multan, puis neuf heures de bus jusqu'à Islamabad, nous arrivons dans la capitale fédérale à l'aube du 17 mars, suivies par des militants et des journalistes de tous horizons. Je demande à rencontrer le ministre de l'Intérieur, pour qu'il m'accorde officiellement deux choses. D'abord, qu'il garantisse ma sécurité ; ensuite, qu'il soit interdit aux Mastoi de partir de leur domicile, car je fais appel. S'ils parviennent à quitter le territoire, je n'aurai plus jamais gain de cause, et je sais de quoi ils sont capables. Par exemple de rassembler leur tribu, de réussir à filer vers une zone tribale où personne ne pourrait plus les identifier. Et de payer les services d'un cousin complice pour me tuer. J'envisage toutes les vengeances possibles – le feu, l'acide, l'enlèvement. L'incendie de la maison et de l'école.

Pourtant, je suis calme, épuisée mais ferme, quand le ministre nous reçoit et veut me rassurer.

— Nous avons déjà prévenu la police des frontières, ils ne peuvent pas sortir. Comprenez que l'on ne peut pas passer outre au jugement de la cour de Lahore aussi facilement.

— Mais il faut faire quelque chose. Ma vie est en danger !

— Il existe une procédure spéciale : en ma qualité de ministre de l'Intérieur, je peux ordonner un nouveau mandat d'arrêt, en considérant que ces hommes sont une atteinte à l'ordre public. C'est la seule façon de les ramener en prison pour quelque temps. Mais je ne peux exercer ce droit qu'à partir de la date, et même de l'heure, où ils ont été libérés. Et l'État a soixante-douze heures pour agir à partir de ce moment-là. C'est le règlement.

Soixante-douze heures. Trois jours... Ils sont arrivés chez eux le 15 au soir, nous sommes le 18 au matin. Combien d'heures reste-t-il ?

— Je ne connais pas les lois, monsieur le ministre, ni les règlements, mais peu importent les règlements et les lois, ils sont dehors et moi je suis menacée. Il faut faire quelque chose !

— Je m'en occupe ! Le Premier ministre est déjà prévenu, il vous recevra demain.

Je n'ai dormi que deux ou trois heures, alors que nous voyageons depuis trois nuits, et j'ai donné une conférence de presse en sortant du bureau du ministre de l'Intérieur. Naseem et moi, nous ne distinguons plus le jour de la nuit, ni ne nous souvenons quand nous avons mangé pour la dernière fois.

Le lendemain matin, à onze heures, nous voilà dans le bureau du Premier ministre. Nous avons calculé plus de dix fois, et, si nos comptes sont justes, les soixante-douze heures sont écoulées depuis dix heures du matin.

Le Premier ministre veut lui aussi nous rassurer.

— Le nécessaire a été fait. Je suis sûr qu'ils ont été arrêtés avant l'expiration des soixante-douze heures. Faites-moi confiance !

— Non. Moi, je veux une réponse précise de votre part. Soit j'ai la certitude qu'ils sont en prison, soit je ne sors pas de votre bureau.

Naseem traduit en ourdou, sur le même ton décidé que moi.

Qui m'aurait dit que je tiendrais un tel langage au Premier ministre du gouvernement de mon pays ? Moi, Mukhtaran Bibi, de Meerwala, paysanne docile et silencieuse, devenue Mai, la grande sœur respectée, j'ai bien changé ! Me voilà assise dans un très beau fauteuil en face de ce ministre, respectueuse mais obstinée – et seule l'armée pourrait m'en déloger avant que j'obtienne la certitude que l'on a remis ces barbares en prison, l'heure exacte à laquelle cela a été fait. S'ils y sont bien ! Car, depuis le 3 mars, je ne fais plus confiance à personne.

Le Premier ministre décroche son téléphone et appelle le préfet de Muzzaffargarh, à cinq cents kilomètres de la capitale. J'écoute avec attention ; Naseem traduit au fur et à mesure :

— Il dit que l'ordre a déjà été donné. La police a reçu le nouveau mandat d'arrêt, une escorte de police est partie les chercher au village. À dix heures, ils les ont menottés sur place, et le préfet les attend. Ils ne vont pas tarder à arriver chez lui.

— C'est sûr ? Mais il ne les a pas encore vus ! Ils sont encore sur la route !

— Il a donné sa parole, Mukhtar. Ils sont déjà en route pour la prison. Les quatre qui ont été relâchés, et les huit autres qui n'avaient pas été incarcérés.

En sortant du cabinet du Premier ministre, je veux vérifier moi-même et appeler le préfet. Mais il n'est pas à son bureau. On me dit qu'il est parti dans le canton voisin – ils sont tous de service car le président fait une visite dans la région. Toutefois cette visite ne me concerne pas...

Alors j'essaie de joindre Shakkur à la maison, mais les lignes ne marchent pas. C'est la pleine saison des pluies, impossible d'avoir mon frère. Finalement, je parviens à joindre un cousin qui tient un magasin.

— Si, si ! On a vu la police cet après-midi, ils sont arrivés juste après la prière du vendredi, ils les ont arrêtés tous les quatre, et même les huit autres. Et ils sont déjà repartis pour le canton. Mais ils sont fous furieux ! Tout le village est au courant.

J'espère bien. Cette fois, c'est moi qui les ai fait arrêter.

Je ne connais pas les lois ni les règlements, et Naseem m'explique ce qui va se passer ensuite.

— Ils sont en prison par une décision spéciale, mais pour quatre-vingt-dix jours seulement. C'est le gouvernement du Pendjab qui a pris officiellement cette décision. Le gouverneur peut faire arrêter qui il veut sur simple ordonnance, à partir du moment où quelqu'un menace l'ordre public. Pendant ce temps, la cour a le loisir d'examiner ton appel.

Nous sommes de retour à la maison le 20 mars, et les menaces recommencent. Les cousins des Mastoi disent partout que c'est notre faute si la police les a repris. Ils racontent qu'ils vont faire quelque chose à leur tour contre nous. Maintenant, ils en veulent à Naseem : d'après eux, je n'aurais rien pu faire sans elle. Et c'est vrai. Nous sommes amies, je lui dis tout et elle me dit tout ; nous avons vécu les choses ensemble, les mêmes sentiments de peur, de colère, et de joie. Nous avons pleuré ensemble, et résisté ensemble. La peur est toujours là, qui guette, mais nous avons du courage. Des journalistes m'ont demandé, lors de la conférence de presse du 16 mars, si je ne voulais pas quitter le Pakistan et demander l'asile dans un autre pays. J'ai répondu que je n'en avais pas l'intention, et que j'espérais obtenir la justice de mon pays. J'ai souligné aussi que mon école fonctionnait, avec un effectif de deux cents filles et de cent cinquante garçons.

Cette dernière affirmation était valable le 16 mars ; or, à partir du 20, c'était autre chose. L'humeur des Mastoi, à nouveau menacés de perdre leur chef de gang, leurs frères et leurs amis, peut se sentir à des kilomètres à la ronde. Mais la police me fait un rempart. Pesant, parfois, pour ma liberté de mouvement. Mais j'y suis habituée.

Le 11 juin, j'apprends que l'on m'interdit de voyager, pour ma sécurité. Je suis invitée par

Amnesty International au Canada et aux États-Unis, cependant, lorsque je me rends à Islamabad pour régler les formalités, on m'informe que je ne peux pas obtenir de visa, car je suis sur la liste d'interdiction de sortie du territoire.

Et, à peine sortie des services administratifs, on me retire mon passeport. Mon avocat n'a plus de contact avec moi pendant quelque temps. Il se fâche, déclare aux journalistes que je suis prise en otage quelque part à Islamabad, et qu'en sa qualité d'avocat il doit absolument me parler. Les autorités lui répondent que je suis astreinte à résidence pour ma sécurité. Mais il semble que le président lui-même estime qu'il ne faut pas « donner à l'étranger une mauvaise image du pays ». Cette interdiction de sortie suscite un nouvel émoi parmi les défenseurs des droits de l'homme et la presse internationale.

Au cours d'un débat à l'Assemblée, une femme sénateur a même déclaré que j'étais devenue une « femme occidentale », que je devrais « montrer plus de modestie et de discrétion, ne pas voyager hors du pays et attendre la justice de Dieu ». Certains hommes politiques reprochent ouvertement aux ONG, trop heureux, de faire appel à des lobbies internationaux. En somme, j'ai « intérêt », comme ils disent, à ne pas répandre mon histoire à travers le monde, mais à la régler sur place.

Trop de gens me soutiennent, dans mon pays et ailleurs. Certains extrémistes voudraient qu'on me bâillonne de force, car selon eux je ne respecte pas la loi de la République islamique du Pakistan.

Le chemin est long, si long. Jusqu'au 15 juin, où j'apprends que, sur instruction du Premier ministre, mon nom a été rayé de la liste d'interdiction de sortie du territoire.

Le 28 juin, j'ai le sourire. La Cour suprême d'Islamabad vient d'accepter, après deux jours d'audience, d'ouvrir une nouvelle instruction. Mon avocat, qui m'avait demandé, par prudence, de ne plus parler aux journalistes depuis mon interdiction de sortie du territoire, a lui aussi le sourire.

— Maintenant, vous pouvez leur dire ce que vous voulez ! Je ne vous interdis plus rien !

Il avait déclaré à la presse que le soutien qu'elle m'apportait pouvait devenir préjudiciable, tant que la décision de revoir l'affaire ne se serait pas prise par la Cour suprême, dont l'indépendance ne peut être suspectée. Les questions pleuvent autour de moi à la sortie de la dernière audience. J'embrasse les femmes qui m'ont aidée jusque-là, l'émotion est trop forte.

— Je suis très heureuse, vraiment satisfaite. J'espère que ceux qui m'ont humiliée seront punis. J'attendrai le verdict de la Cour suprême, c'est elle qui rendra justice ici-bas.

Et la justice de Dieu viendra en son temps.

Mon avocat confirme aux journalistes que les huit hommes précédemment relaxés, y compris les membres du conseil de village qui avaient prémédité le viol, sont en prison.

— Ce n'est pas une affaire de simple viol, mais un véritable acte de terrorisme. Il a été perpétré pour répandre la terreur dans la communauté des villageois. La décision de faire comparaître ces hommes devant une nouvelle instance, la plus haute de notre pays, afin de réexaminer les preuves, est une bonne décision.

J'étais apaisée. Je pouvais retourner dans mon village, retrouver ma famille, mes parents, les enfants de l'école. La surveillance policière a duré quelque temps encore – notamment chaque fois que j'acceptais une interview de journalistes étrangers. Puis la pression s'est ralentie. Et la surveillance s'est limitée à un policier armé devant ma porte. Mais, dès qu'un journaliste étranger se déplaçait pour venir me voir, ma « sécurité » était présente.

Il y avait encore quelques attaques de-ci de-là, dans la presse locale, et non des moindres. L'une des plus étonnantes fut un commentaire à propos de ma demande de visa pour voyager à l'étranger, et qui fit couler beaucoup d'encre. J'étais toujours invitée, en principe, au Canada et aux États-Unis. Mais j'avais déclaré abandonner ce projet pour l'instant, afin de calmer les esprits méfiants. En réalité, ce visa m'avait été refusé. Je ne devais pas propager à l'étranger une mauvaise image du Pakistan. De plus, on a prétendu en « haut lieu », comme dit Naseem, qu'il suffisait d'être victime d'un viol pour devenir millionnaire et obtenir un visa. Comme si les femmes pakistanaises allaient se précipiter sur cette « formalité » pour s'enfuir à l'étranger ! Je regrette cette allusion indécente. Une fois de plus, la presse nationale et internationale s'est élevée contre de pareilles déclarations. Il semble d'ailleurs que ladite déclaration ait été mal interprétée par les journalistes, et ne veuille pas dire ce qu'elle affirmait. Je l'espère.

Je me suis battue pour moi et pour toutes les femmes victimes de violence dans mon pays. Je n'ai nullement l'intention de quitter mon village, ma maison, ma famille et mon école. Pas plus que je n'ai l'intention de donner une mauvaise image de mon pays à l'étranger. Bien au contraire, en défendant mes droits d'être humain, en luttant contre le principe de justice tribale qui s'oppose à la loi officielle de notre République islamique, j'ai la conviction de soutenir les vœux de la politique de mon pays. Aucun homme pakistanais digne de ce nom ne peut encourager un conseil de village à punir une femme pour régler un conflit d'honneur.

Je suis devenue, malgré moi, une image emblématique pour toutes celles qui subissent la violence des patriarches et des chefs de tribu, et, si cette image a franchi les frontières, elle doit servir à mon pays. C'est là le véritable honneur de ma patrie que de permettre à une femme, illettrée ou non, de lutter à haute voix contre l'injustice qui lui est faite.

Car la véritable question que doit se poser mon pays est très simple : si la femme est l'honneur de l'homme, pourquoi veut-il violer ou tuer cet honneur ?

LES LARMES DE KAUSAR

Il ne se passe pas un jour sans que nous recevions, avec Naseem, des femmes en état de choc, et cherchant de l'aide. J'ai répondu un jour à une journaliste pakistanaise qui demandait comment je vivais cette forme de célébrité dans mon pays :

— Certaines femmes m'ont confié que, si leur mari les battait, elles n'hésiteraient pas à le menacer : « Attention, j'irai me plaindre à Mukhtar Mai ! »

C'était une boutade. Mais en réalité nous côtoyons régulièrement le tragique.

En ce jour d'octobre, alors que j'achève avec Naseem le récit de mon histoire, deux femmes viennent m'interrompre.

Elles ont fait des kilomètres pour me voir. Une mère en compagnie de sa fille, une jeune épouse d'une vingtaine d'années, Kausar. Elle porte dans ses bras son premier enfant, une petite fille d'environ deux ans et demi, et nous dit qu'elle va bientôt accoucher d'un deuxième bébé. Les larmes coulent de ses yeux encore effrayés, sur un joli visage épuisé. Ce qu'elle nous raconte est une autre horreur, malheureusement courante.

— Mon époux s'est disputé avec un voisin. Cet homme venait trop souvent chez nous, manger ou dormir, et il lui a fait comprendre que nous ne pouvions pas toujours le recevoir ainsi. Un jour, alors que je préparais les chapatis, quatre hommes ont surgi brusquement dans la maison. L'un d'eux a mis son pistolet sur le front de mon mari, un autre a pointé le sien sur ma poitrine, et les deux derniers m'ont collé un chiffon sur la tête. Je ne voyais plus rien. J'entendais les cris de mon mari pendant qu'ils me traînaient par terre, et j'avais peur pour l'enfant que je portais dans mon ventre. Ils m'ont enfermée dans une voiture qui a roulé très longtemps. J'ai compris qu'ils m'avaient emmenée dans une ville, en entendant beaucoup de bruit de circulation. Ils m'ont séquestrée dans une pièce et, pendant deux mois, ils venaient me violer tous les jours. Je ne pouvais pas m'enfuir. La pièce était petite, il n'y avait pas de fenêtres, et ils étaient toujours plusieurs à garder la porte. Je suis restée prisonnière dans cette pièce du mois d'avril jusqu'au mois de juin. Je pensais à mon mari et à mon enfant, j'avais peur qu'ils soient morts au village. Je devenais folle, j'aurais voulu me suicider, mais il n'y avait rien dans cette pièce – on me donnait à manger dans une gamelle comme à un chien. À boire comme à un chien. Ils se servaient de moi à tour de rôle.

« Et puis, un jour, ils m'ont traînée de nouveau dans une voiture, avec un chiffon sur la tête, et ils ont fait encore des kilomètres, hors de la ville, puis ils m'ont jetée sur une route. Et la voiture a démarré très vite, ils sont partis en me laissant là, toute seule. Je ne savais même pas où je me trouvais.

« J'ai marché pour finalement retrouver mon village, dans la région de Muhammadpur, et j'ai compris que la ville où ils m'avaient emmenée était forcément Karachi, loin vers le sud. Quand je suis revenue chez nous, mon mari était vivant, mon père et ma mère s'étaient occupés de ma petite fille, et ils avaient porté plainte à la police du district. Je suis allée dire moi aussi ce qu'on m'avait fait à la police. J'ai décrit les visages, mon mari savait que le voisin, devenu son ennemi, s'était vengé sur moi, et je pouvais reconnaître ces quatre hommes. La police m'a écoutée, et l'officier m'a fait signer un rapport avec mon pouce. Comme je ne sais pas lire ni écrire, il a dit qu'il le ferait pour moi.

« Mais quand le juge m'a fait venir, et que j'ai raconté tout ce qui m'était arrivé, il m'a déclaré :

« – Tu ne me dis pas la même chose qu'à la police. Est-ce que tu mens ?

« Il m'a convoquée douze fois, et chaque fois je devais répéter que je ne savais pas ce que le policier avait écrit, mais que j'avais dit la vérité. Le juge a fait venir ces hommes pour les interroger. Ils ont répondu que je mentais. Ils sont venus menacer ma mère et mon père, en affirmant qu'ils n'étaient pas coupables, et qu'il fallait le dire au juge. Mais mon père n'a pas voulu, alors ils l'ont battu et lui ont brisé le nez.

« Finalement, le juge a mis un seul homme en prison, et il a relâché les trois autres. Nous avons très peur d'eux. Je ne sais pas pourquoi il n'y en a qu'un en prison. Il n'est pas le seul à m'avoir violée. Ces hommes ont brisé ma vie et ma famille. J'étais enceinte de deux mois quand ils m'ont violée, mon mari le sait bien, mais, dans le village, on raconte des choses sur moi maintenant. Et ces hommes mauvais sont en liberté. Ce sont des Baloutches. Ils sont plus puissants et méprisent ma famille, pourtant nous n'avons fait de mal à personne. Mon mari est mon cousin, on nous a mariés depuis l'enfance, et c'est un homme honnête. Quand il a porté plainte, au début, personne ne l'a écouté. »

Kausar pleure, sans bruit, sans s'arrêter. Je l'oblige à boire de l'eau, à manger, mais elle a du mal. Il y a tant de souffrance dans son regard, et tant de résignation douloureuse dans celui de sa mère… Naseem va leur expliquer la loi, et leur dire à quelle association s'adresser pour avoir un avocat. Nous lui donnons un peu d'argent pour repartir dans son village, mais je sais que le chemin sera long pour elle aussi. Si elle a le courage de demander justice, sa famille sera menacée en permanence, ainsi qu'elle-même, tant qu'elle ne l'aura pas obtenue. Si elle y parvient. Ils n'ont aucun moyen de partir ailleurs – leur maison, leur vie sont dans ce village. Son enfant va naître, et cette tragédie la poursuivra toute sa vie. Elle n'oubliera jamais, comme je n'oublie pas, moi non plus.

La loi prescrit à la police d'enregistrer un rapport préliminaire d'enquête. Et c'est toujours la même chose, on dit à la femme : « Mets ton pouce, on va le remplir pour toi », et, lorsque ce rapport parvient au juge, les coupables sont toujours innocents, la femme a menti !

Un homme veut en punir un autre pour une querelle de village, et il organise un kidnapping sous la menace des armes, avec viol collectif sur une jeune mère de famille, enceinte et innocente. Il est persuadé de son impunité au départ et, même s'il va en prison, il n'y restera que quelque temps. Un jour ou l'autre, dans une procédure d'appel, il sera relâché, faute de preuves « suffisantes ». Et l'on dira probablement que cette pauvre femme s'est prostituée, qu'elle était consentante ! Sa réputation, son honneur et celui de sa famille seront morts pour toujours. Et, au pire des cas, elle risque d'être condamnée elle-même pour adultère et prostitution, selon les lois hudûd. Pour échapper à cette condamnation monstrueuse, il faudrait que les accusés avouent leur « péché » devant le juge. Ou que la plaignante fournisse les fameux quatre témoins oculaires du « péché », dignes de confiance.

Protégés par ce système, les criminels font ce qu'ils veulent.

Une autre femme m'attend, le visage à demi couvert par un voile usé. Sans âge, épuisée par les travaux domestiques. Elle a du mal à parler. Elle montre simplement son visage, discrètement, honteuse. Et je comprends. L'acide en a dévoré la moitié. Et elle ne peut même plus pleurer. Qui a fait cela ? Son mari. Pourquoi ? Il la battait, elle n'était pas assez rapide pour le servir à son aise.

Et maintenant qu'il l'a mutilée à vie, il la dédaigne. Nous ne pouvons pas grand-chose pour elle – un peu de réconfort, et de l'argent pour retourner dans sa famille d'origine et quitter son mari, si elle le peut.

Parfois, l'ampleur de la tâche me submerge. Parfois, la colère m'étouffe. Mais je ne désespère jamais. Ma vie a un sens. Mon malheur est devenu utile à la communauté.

Éduquer les petites filles est une chose assez aisée, quant aux garçons qui naissent dans ce monde de brutes, et voient leurs aînés agir de la sorte, c'est une entreprise plus difficile. La justice rendue aux femmes doit les éduquer au fil des générations, puisque la souffrance et les larmes ne leur apprennent rien.

J'attends moi aussi la justice définitive de la Haute Cour. J'espère en elle sur la terre comme j'espère en Dieu l'arbitrage ultime. Car si justice ne m'était pas rendue, si rester dans ce village devait m'obliger à subir une guerre éternelle, et même à le payer de ma vie, un jour, les coupables seront châtiés.

Alors que cette journée d'octobre s'achève, avec son lot de misères et de souffrances, l'aube du lendemain révèle d'autres souffrances. La terre a tremblé dans tout le nord du pays. Des milliers de morts et de blessés, de sans-abri, d'enfants affamés errent dans les ruines de ce qui fut leur vie. Ma province du Pendjab échappe à la catastrophe, je prie pour tous ces malheureux, pour tous ces enfants morts dans les décombres de leurs écoles.

Prier pour eux ne suffira pas. Le Pakistan a besoin de l'aide internationale. J'ai l'autorisation cette fois de me rendre à l'étranger, avec le docteur Amina Buttar, présidente du réseau Asie Amérique contre la violence faite aux femmes. Un magazine vient de me décerner le prix de « la femme de l'année ». J'en suis honorée, mais ce n'est pas le but principal de mon voyage.

Je veux profiter de cette opportunité pour plaider non seulement la cause des femmes, mais aussi, en ces temps cruels, celle des sinistrés. Mon cœur saigne particulièrement pour les femmes et les enfants dont l'existence est dévastée, pour ces survivants qui ont besoin d'aide afin de surmonter cette tragédie.

Je prends donc l'avion pour New York, puis je me rendrai au Congrès américain, à Washington, plaider ces deux causes, et demander une aide supplémentaire de cinquante millions de dollars pour les victimes du tremblement de terre le plus meurtrier que mon pays ait connu depuis des années.

L'aide internationale tarde à venir. L'image de mon pays, malheureusement, ne suscite pas suffisamment la charité étrangère. Comme d'habitude, des journalistes me suivent, et certaines questions tournent autour d'un exil éventuel. Quand je voyage, je réponds simplement :

— Mon séjour à l'étranger sera court, je regagnerai mon pays et mon village au plus vite.

J'ai été élue femme de l'année par un magazine américain qui a couronné des gens célèbres, j'en suis heureuse, c'est une reconnaissance qui me touche, mais je suis née pakistanaise et le resterai.

Et c'est en qualité de militante que je voyage, pour apporter ma contribution au soulagement du malheur qui frappe mon pays.

Si, par mon étrange destin, je peux aider ainsi mon pays et son gouvernement, c'est un grand honneur qui nous est fait. Que Dieu protège ma mission.

Mukhtar Mai
Novembre 2005

REMERCIEMENTS

Je tiens à remercier :

Mon amie Nasseem Akhtar pour son fidèle soutien,

Mustapha Baloch et Saif Khan qui ont accepté d'être mes interprètes pour l'écriture de ce livre,

L'ACDI (CIDA), Agence Canadienne pour le Développement International,

Amnesty International,

L'Association internationale des droits de l'homme,

Le docteur Amina Buttar, présidente de l'ANAA (Asian American Network against Abuse of women right),

Et toutes les organisations de défense des droits des femmes au Pakistan, les militantes de lutte contre la violence faite aux femmes dans le monde, qui se sont mobilisées à mes côtés,

L'ensemble des donateurs, officiels et privés, qui ont permis la construction de l'école Mukhtar Mai, et son agrandissement.

Enfin, je remercie tout particulièrement mes petits élèves, garçons et filles, dont l'assiduité à l'école me donne l'espoir de voir pousser dans mon village les graines d'une génération mieux éduquée, libre et apaisée entre hommes et femmes.

TABLE

8038

Composition Nord Compo
Achevé d'imprimer en France (Malesherbes)
par Maury-Imprimeur le 12 mars 2009.
Dépôt légal mars 2009. EAN 9782290354902
1er dépôt légal dans la collection : juillet 2006

Éditions J'ai lu
87, quai Panhard-et-Levassor, 75013 Paris
Diffusion France et étranger : Flammarion